la fugitive de l'autre côté
du pont de fil

Du même auteur

Beau drôle, Éditions du Rouergue, 2021
Carlos et Budd, ovation et silence, Verdier, 2017

Photographie de couverture : © Fran Núñez

www.lerouergue.com

Yves Revert

la fugitive de l'autre côté du pont de fil

la brune au rouergue

1
LA MAISON EST EN CARTON, LES ESCALIERS SONT EN PAPIER

2006

J'ouvre le tiroir et en inspecte le contenu. Une paire de ciseaux, des surligneurs, une boîte d'agrafes, un flacon d'effaceur dont le bouchon se termine par un pinceau miniature, comme autrefois le flacon de maquillage dont la cousine se noircissait les paupières, attablée à sa coiffeuse dans la chambre qui donnait sur un jardin planté d'un cerisier. L'après-midi, la lumière qui pénétrait par la porte-fenêtre était si vive qu'elle décolorait la peau. Comme dans ces clichés exposés au-delà du temps nécessaire. La lumière est brûlée et les détails, les demi-teintes et les ombres ont fini par disparaître à force de transparence.

Le pinceau trempe dans un liquide blanc qui aussitôt étalé sur le papier, se solidifie en une couche plastique et laisse une empreinte à peine visible à moins d'y regarder de trop près. Il suffit d'éloigner la page et on pourrait croire que les mots n'ont pas existé.

L'autre jour, une collègue que je connais à peine, m'a regardée faire et a lâché : *Ce serait bien pratique si on pouvait faire la même chose dans la vie.*

J'ai relevé la tête, sur mes gardes, mais elle s'est contentée de sourire sans ajouter un mot. Puis, comme je persistais à la fixer, elle a haussé les épaules, l'air embarrassé, avant de tourner les talons.

Quand je l'ai revue plus tard dans l'après-midi, je n'ai pas pu m'empêcher de la toiser. Je l'ai aperçue de loin dans le couloir qui mène aux photocopieurs, et quand elle s'est rapprochée, j'ai planté mon regard dans le sien, du moins j'aurais voulu, mais c'est à peine si elle m'a prêté attention. À la seconde où nous nous sommes croisées, alors que je persistais à la dévisager, elle a souri, a levé la main et a bifurqué vers une autre collègue : *Tu es rentrée de vacances ? Il va falloir que tu me racontes ça autour d'un café.*

Son indifférence apparente n'est pas pour me rassurer : moi aussi, j'utilise ce genre de stratagème pour faire diversion.

Nous nous connaissons si peu, elle ne travaille pas dans le même service, ni au même étage, et pourtant, depuis sa phrase : *Ce serait pratique si on pouvait faire la même chose dans la vie*, je ne sais plus où j'en suis.

Sait-elle quelque chose ? Peut-être me surveille-t-elle depuis des années et attend-elle son heure pour précipiter ma chute. Le moment où je m'y attendrais le moins et où je serais la plus exposée à la douleur. C'est bien joué de sa part parce qu'en ce moment, avec le déménagement qui s'annonce, je suis plus facile à atteindre, elle a bien dû le sentir.

C'est absurde. Évidemment, elle ne sait rien. Elle n'est rien. Elle n'existe pas. Juste une femme parmi tant d'autres, qui vont et viennent entre les bureaux au fil de la journée, un fond de décor interchangeable. Cette femme n'a aucune importance, j'ignore jusqu'à son nom comme elle ignore le mien, et pourtant, sans le vouloir, je cherche dans ma tête à quelle époque elle a dû être embauchée : depuis quand peut-elle savoir et comment ? Comment a-t-elle pu deviner que j'avais quelque chose à effacer ?

Passer le pinceau, attendre que ça sèche, que se forme une pellicule légèrement plus blanche que le papier, différence qui varie selon le grammage de la feuille mais sans gravité aucune puisque prendre de la distance suffit à rendre invisible le raccroc, puis après qu'un certain temps s'est écoulé, réécrire pardessus, c'est aussi simple que ça, du moins en théorie. Parce que moi, j'attends depuis plus de quarante ans que sèche la tache. Je n'aurais jamais cru, si je m'étais posé la question, que cela prendrait si longtemps.

La phrase continue à se faire entendre : *Ce serait pratique si on pouvait faire la même chose dans la vie*, et puis il y a ce déménagement. Cela commence à faire beaucoup. Comme si quelqu'un m'envoyait des signaux. Il faut me rendre à l'évidence, le moment est venu de recouvrir les mots des autres avec mes propres mots. Donner ma version de l'histoire. Cela n'ira pas tout seul parce que je n'ai pas tout compris à ce qui m'est arrivé. Il va me falloir poser des questions l'air de rien, chercher des preuves et des témoins, confronter entre elles les informations. Comme pour une perquisition, on voit ça dans les films, cela exigera de la minutie et de l'obstination. J'en ai. C'est même ce que je sais faire le mieux : m'entêter en silence jusqu'au bout.

Une ancienne carte de visite a été oubliée sous une boîte d'agrafes. Y figurent mon nom et ma fonction. Je tente de me remémorer l'année. Deux ou trois années possibles me viennent à l'esprit. Mais à quoi cela servirait-il de m'en souvenir avec précision, pour en parler à qui, une année plutôt qu'une autre, quelle importance au fond ?

Dans l'un des tiroirs, en tâtonnant, je mets la main sur un rectangle de tissu. Il a été un temps où j'en gardais un en permanence dans ma poche pour faire crisser l'étoffe entre mes doigts. D'autres allumaient une cigarette, moi je frottais mon tissu. Si je l'égarais, j'étais prise d'un début de panique et je cherchais partout autour de moi. Je demandais à Solange ou à maman : *Tu n'as pas vu mon tissu ?* Ma sœur souriait et maman pinçait les lèvres. Le tissu devait être suffisamment rêche pour crisser mais assez lisse pour autoriser un mouvement régulier et sans heurt. Il devait accrocher sans enrayer la cadence. Quand il commençait à s'user, avant qu'il soit tout à fait inutilisable, je m'en procurais un autre de la même étoffe pour le remplacer le moment venu. Il n'était pas question que je me laisse prendre au dépourvu.

Je récapitule, les agrafes, l'élastique, les surligneurs, un par couleur. La caissette sera trop grande, je crois, je n'ai pas tant de choses à emporter.

Je traverse le hall jusqu'à l'entrée. Une porte vitrée donne sur l'avenue principale de la ville, quatre voies doublées d'allées cavalières et plantées de platanes. Le concierge chaque soir referme un portail de métal. La masse blindée pivote sur ses gonds avec lenteur, il semble tout le temps que ça dure qu'une partie de l'univers bascule sur lui-même, et lorsque les deux portes se rejoignent et que claquent les pênes dans leur gâche, le hall d'un bout à l'autre plonge dans une obscurité de mausolée. On se croirait pris dans un immense sarcophage de marbre et de béton.

J'entends derrière moi la rumeur des bureaux. Avec le temps, les bruits ont changé. C'était autrefois la mitraille des machines à écrire, une frappe hachée, tantôt staccato tantôt qui crépitait par spasmes. Parfois, la frappe s'emballait, quelque chose de furieux, des claquettes en rafale. Aujourd'hui, le seul bruit qui me parvienne est le battement des portes, celui des pièces de monnaie qu'aspire en chuintant la machine à café et les voix qui chuchotent.

Le site Internet de l'entreprise sur sa page d'accueil affiche : *Né en 1832*. Une dépêche d'agence a été diffusée : *Grâce à cette opération de croissance externe, nous consolidons en 2006 notre place de septième réseau français d'assurance et nous densifions notre réseau d'agences. La fusion sera opérationnelle le 1er janvier 2007. La société créée en 1832 emploie 69 salariés pour un chiffre d'affaires de 52 millions d'euros. L'entreprise avait connu une période difficile il y a cinq ans avant de redresser la situation et de susciter l'intérêt de la concurrence. La société qui vient de l'absorber a réalisé un chiffre d'affaires de 554 millions d'euros l'an passé. Elle dispose aujourd'hui, après la fusion, de 384 agences avec 760 salariés au siège de Paris et cinq délégations régionales.*

L'immeuble a été mis en vente. L'entreprise va emménager dans un bâtiment en verre flambant neuf le long des voies ferrées. Je travaillerai au cinquième étage, côté gare.

À l'heure du déjeuner, j'ai l'habitude de déambuler dans le bâtiment où je me rends chaque jour depuis l'âge de dix-neuf ans. Les murs sont couleur carton. Des cours ouvrent sur d'autres cours. Des appartements autrefois étaient loués sous les toits. Je m'installe sur une chaise oubliée. Je connais par cœur le bruit que font les portes, la façon qu'a l'air de filer par une fenêtre disjointe. Dans une salle au troisième, sont empilés des annuaires. On ne sait pas ce qu'ils font là, pourquoi personne n'a pris la peine de les jeter. Le cartonnage des couvertures à force d'être plié, a fini par se déchirer. Les collègues qui les utilisaient ont inscrit leur nom au feutre sur la tranche en lettres capitales. Chaque fois que je tombe sur ces noms empilés, je ne peux m'empêcher de penser au tout dernier message laissé par l'équipage d'un navire en perdition. Un ultime réflexe, graver ses initiales sur la coque du canot de sauvetage pour dire à ceux qui en retrouveront les débris que tout de même, malgré tout, on a un petit peu existé.

À chaque fois me revient en tête la comptine : *La maison est en carton/Pirouette cacahuète/Les escaliers sont en papier.*

Je sors sur le boulevard. Ceux qui me croisent, j'imagine qu'ils voient une femme menue et nerveuse, qui ne fait pas ses soixante-trois ans. J'ai le cheveu blond. Je suis sèche et légère, élégante aussi. Je parle d'un ton assuré et cordial.

Le vent me frôle, chargé d'odeurs fleuries. Je gagne à pied mon studio à cinq minutes de là. Je dîne d'un yaourt et je me couche. J'allume la radio. Je pense : *Nous sommes en 2006, des Noirs en tenue de combat défilent un dimanche après-midi en plein Paris au milieu des promeneurs et crient : mort aux Juifs. La candidate du Parti socialiste à la présidentielle propose d'interner les délinquants de seize ans dans des camps militaires.*

Le samedi, je prends la route de L. où Bernard et moi, nous avons notre maison, isolée dans la campagne. Bernard, à la retraite, y passe seul la semaine. La voiture franchit une rivière qui au sud, marque la limite de la ville. Le cours d'eau est jalonné d'îles. On dirait un bord de mer, c'est le même ciel ouvert en grand. L'été, les corps durcis voltigent dans les nuages depuis les plongeoirs d'une piscine.

À L. dans l'après-midi, après que j'ai rangé les courses, je visionne sur l'ordinateur les images du Fils qui vit aux États-Unis. Nous échangeons des photos. Je demande des nouvelles du petit-fils. Il me dit que tout va bien, moi aussi. Ma fenêtre de chambre donne sur un cours d'eau qui ondule en contrebas d'un coteau. L'hiver, quand le vent se prend dans les peupliers, tout le coteau se soulève et respire.

Le Fils s'appelle Jean-Michel mais sans que je sache pourquoi, j'ai pris l'habitude de l'appeler *le Fils*. Je ne sais plus précisément à quand remonte cette manie mais cela date du temps où il était enfant : à croire que très tôt, tout ce qui l'a touché de près ou de loin est devenu innommable. Je dis aussi *le petit-fils*. C'est venu sans réfléchir. La malédiction se transmet entre générations.

Parfois, l'expression m'échappe devant un tiers et l'interlocuteur relève la tête sous l'effet de surprise. Il n'y a qu'avec Solange que je fais attention. Avec elle, je dis : *Jean-Michel* et je ne me laisse jamais prendre en défaut. J'ai trop peur du regard qu'elle me décocherait sinon. De toute façon, après ce qu'il s'est passé, chaque fois que je parle du Fils en sa présence, je me tiens sur mes gardes.

Cinq bennes ont été installées dans la semaine au pied de l'immeuble. Elles sont remplies d'armoires métalliques, de dossiers cartonnés et de lampes. Avec des collègues, je suis allée voir les nouveaux bureaux. La salle centrale ressemble à un cube plastique creusé de l'intérieur, entièrement nu, pas un fil n'est visible. On n'y sentira pas la chaleur en été, on n'y entendra pas non plus la pluie sur la ville en hiver.

2005

Je sors marcher, j'aime ça le samedi de bonne heure quand je suis à la maison, mais cette fois, sans que je me l'explique, je devine que cette promenade ne sera pas comme les autres. Avant même que je franchisse le portail, je me mets à penser à l'année dernière, l'année 2005, à l'été surtout. Peut-être est-ce à cause des préparatifs de déménagement au bureau. J'y ai encore passé la journée d'hier.

Un coup de pied dans la fourmilière. Les images s'agitent en tous sens et elles sont chaque seconde plus nombreuses. Cette histoire, il va bien falloir la raconter et personne ne pourra le faire à ma place.

Je décide de me trouver un nouvel itinéraire. Je franchis un pont et longe la plaine. Au loin, le coteau se relève et s'y tient calée à son sommet une maison qui telle qu'on l'aperçoit depuis la route, m'a toujours intriguée. Haute et fermée sur elle-même. Pas un arbre, rien qui adoucisse le décor. Ce n'est pas une maison faite pour des tablées d'amis en plein air, ni la sieste dans la fraîcheur d'une chambre aux volets mi-clos. Il y a des maisons comme ça qui vous dictent votre façon de vivre, elles décident pour vous, inutile de vous débattre.

Un chemin part en ligne droite, bordé des deux côtés par des prés. Partout des rondeurs, des courbes, pas de ligne brisée. Les prés font comme du velours. C'est ce que j'aime ici. Et aussi les couleurs. L'autre jour, un voisin paysan a eu cette remarque : *Ce qui est beau ici, c'est que même à l'ombre, on distingue les couleurs.*

Un banc attend le promeneur. Il n'a rien à faire là, c'est le genre de banc qu'on verrait plutôt dans un jardin ou un square, pas en pleine nature loin de tout. Qui peut prendre le temps de s'y asseoir ? Pas une route, pas une maison, personne, et si quelqu'un passait par là, il n'aurait aucune raison de s'arrêter à cet endroit en particulier, au milieu de nulle part.

Je suis le chemin sans savoir où il mène quand au bout d'un quart d'heure, je m'aperçois qu'il décrit une boucle : me revoilà à deux pas de la maison. Comme si j'étais passée à travers un tunnel invisible. Je croyais avoir perdu tout repère, m'être égarée en terre inconnue, et d'un seul coup l'univers qui m'est le plus familier me saute au visage. Je me fige, prise de vertige. C'est un mystère que j'ai déjà approché au fil de mes promenades dans la campagne de L. Sans prévenir, le paysage le plus banal, le plus quotidien, paraît tiré d'un conte. C'est un mystère et c'est aussi un bonheur.

Je m'installe dans le canapé du salon. Et contre toute attente, à nouveau, me reviennent les images de 2005. Elles ne me lâchent plus.

Bernard cet été-là a acheté un Opel Tigra cabriolet. Ce qu'il aime, je le sais bien, ce n'est ni la vitesse ni les lignes de la carrosserie, ni la fantaisie qu'il y a à soixante-deux ans à rouler en décapotable, ni l'odeur ni le souffle du vent, ce qu'il aime c'est l'idée qu'ils ne sont pas si nombreux à pouvoir s'offrir une telle voiture. Il jouit de n'aimer que lui et en même temps, il a des emballements de petit garçon.

En juillet, le Fils et l'Américaine sont venus passer deux semaines à la maison. Ils revenaient nous voir pour la première fois depuis leur départ aux États-Unis.

Bernard a déplié le toit, et le petit-fils et lui sont partis sur les routes du Sud, tête nue au soleil. Je savais comment il procédait. Il emballait le moteur pour en tirer des rugissements et cela faisait rire l'enfant. Il aimait lire l'admiration dans son regard. La route ondulait. Ils étaient dans les côtes comme sur une rampe de lancement. Au sommet, le cœur sautait et se décrochait, l'enfant riait à pleines dents. Je disais pourtant à Bernard de se méfier, il devait faire attention après ce qui s'était passé. Chaque fois, il répondait : *Justement, c'était l'an dernier. Mais tu tiens un tout petit peu à moi, alors : tu t'inquiètes ?*

L'année d'avant, je m'étais demandé ce que tout cela allait changer entre nous, et je ne sais toujours pas quoi répondre. Il est de toute façon trop tard pour changer quoi que ce soit et c'est tout aussi bien. Oui, mieux vaut que rien ne change désormais, peu importe que l'image, une fois arrêtée, soit floue et les personnages légèrement déformés.

Je m'observais dans la glace. Je portais une robe rouge sans manches. J'étais petite, j'étais mince, mais personne ne se disait : *C'est une femme fragile.* Je n'aurais pas aimé. J'avais quelque chose de sec et de radical dans le corps. Mes bras et mes cuisses étaient durs. Quelque chose en moi ne pliait pas.

Le Fils avait pris du poids. Il se mouvait avec lenteur, il faisait penser à un gros enfant qui laissait aller les choses.

Après trois semaines, Bernard les a reconduits à la gare, d'où ils ont rejoint l'aéroport. Ils ont fait une escale avant de reprendre un vol intérieur pour la Californie. Je n'aimais pas cette histoire. Le Fils était parti là-bas avec un projet d'entreprise et maintenant, il donnait des cours de français dans une association. J'avais bien compris que c'était faute de mieux. Les billets d'avion, j'avais dû les payer, à trois ils n'auraient pas pu sinon.

Le reste de l'année, nous nous parlions par caméras interposées. Le Fils apparaissait à l'écran, le petit-fils à son côté, dissipé et taquin, et derrière eux passait l'Américaine qui traversait l'image et adressait un salut. Moi, je fixais l'écran comme si je pouvais apercevoir ce qui débordait sur les côtés. J'aurais aimé déplacer l'image, atteindre ce qui dépassait du rectangle vitré, toucher les profondeurs au-delà des murs.

Durant leur séjour, nous sommes allés chez Solange. Les neveux étaient là, l'aîné, Jean-Philippe qui vit au bord d'un étang et Guillaume, qui aime les garçons, écrit dans les journaux et roule en Alfa. Le Fils et lui sont du même âge.

L'Américaine s'est révélée parfaite. Elle a fait la conversation au mari de Solange, s'est montrée attentionnée, lui était tout sourire. Elle a parlé à Guillaume, ils se sont trouvés, ces deux-là. Ils ont compris sans se le dire qu'ils éprouvaient la même chose à mon égard. Ils ne me détestent pas, non, on ne peut pas dire cela. En vérité, je ne parviens pas à cerner ce qu'ils ressentent mais le mari de Solange est comme eux. Il m'échappe. Je lui parle et je le sens qui se rétracte. Il me sourit comme à une étrangère. Plus il avance en âge, moins il a de contrôle sur ces détails.

Guillaume a sorti des albums photo pour les montrer à l'Américaine et tout de suite j'ai su ce qui allait se passer. À la cinquième page, après qu'on avait détaillé les photos précédentes, identifié tel cousin ou telle tante, joué à reconnaître qui était qui, l'Américaine a demandé : *Et là ?* Elle a désigné une adolescente à frange brune et aux joues rebondies. Avant que quiconque ait eu le temps de dire quoi que ce soit, j'ai pris les devants : *C'est moi.*

Elle a levé les yeux dans ma direction, a voulu dire quelque chose mais elle s'est retenue.

C'est chaque fois pareil, quand apparaît cette photo de moi à quinze ans avec ces cheveux bruns, la seule qui existe encore de cette époque, comme une pièce à conviction que j'aurais omis de détruire, je me fais l'effet d'une fugitive qu'on démasque.

Le plus souvent, quand je tombe sur des photos d'hommes de cinquante ou soixante ans qu'autrefois j'ai connus enfants, ce que je vois d'abord, c'est leur regard de petit garçon dans un corps devenu trop grand pour eux. Quand je m'aperçois adolescente sur cette image, l'effet est inverse. Je vois la femme prisonnière qui réclame qu'on la laisse s'échapper.

Solange cette fin d'après-midi-là a fermé à demi les volets du salon et nous nous sommes retrouvés comme à l'intérieur d'une boîte, nos ombres imprimées sur les murs, neuf ombres sans visage ni volume. Nous avons continué à parler mais c'était comme si nous nous étions tus.

J'aurais préféré rester à la maison à regarder le défilé du 14 juillet à la télé. J'aime les défilés. J'aime la vie dans ce qu'elle a de répétitif et d'ordonné. C'est pour cela que je ne regarde plus le journal télé, à cause de la confusion absurde qui s'en dégage. On ne peut pas vivre comme ça perpétuellement au milieu du chaos.

Je ne suis pas allée voter à la dernière présidentielle. Après coup, je me suis dit qu'au second tour, j'aurais pu donner ma voix à Jean-Marie Le Pen, puisque contre toute attente, il était le challenger. Je n'attends rien de lui, personne ne peut plus rien pour nous, lui pas davantage qu'un autre mais au moins il ne fait pas croire que nous nous aimons les uns les autres. Et puis il fallait les voir tous à la télé, qui transpiraient de frousse à l'annonce des résultats. Je ne les avais jamais vus dans un état pareil. Pour une fois, ils ne comprenaient plus rien, ils n'étaient plus là à tout nous expliquer. La situation leur échappait et ils ne pouvaient même pas s'en cacher, eux qui habituellement savaient si bien tout maquiller en deux phrases. J'ai pensé : *C'est leur tour, qu'ils sachent ce que ça fait de sentir ses boyaux se déchirer tellement on a peur.*

J'ai éteint la radio. Nous roulions dans la nuit au retour de chez Solange, la voiture collait à la chaussée avec une pression élastique. Régulièrement, des insectes s'écrasaient sur le pare-brise et laissaient un éclair orangé et visqueux. Bernard conduisait avec précision. Il a parcouru un nombre incalculable de kilomètres quand il travaillait comme représentant pour un industriel des plats cuisinés.

J'ai fermé les yeux et j'ai guetté l'instant où il allait manœuvrer le levier, juste avant le prochain virage, pour modifier le rapport entre la vitesse du moteur et celle des roues. J'aime ce bruit, le frottement des deux pièces, quelque chose résiste mais finit par lâcher. La voiture perd de l'élan pour se tendre à nouveau dans le virage.

Derrière les collines, la nuit s'éclairait par intermittence. On tirait les feux du 14 juillet. La nuit s'ouvrait en grand et le cabriolet s'y précipitait à toute allure.

2004

Le jour où Bernard a eu son accident, j'étais au bureau. Le téléphone a sonné, c'était Solange. J'ai dit : *Excuse-moi, Solange, je te mets en attente*. Un voyant indiquait que quelqu'un d'autre cherchait à me joindre. La voix de ma sœur est restée en suspens, coincée dans un espace invisible, la voix qui veillait sur moi enfant, d'un seul coup privée de matière, un souffle à peine, les mots rentrés dans la gorge avant d'être prononcés.

– *Voilà, ça y est, on peut se parler.*

– *Je ne te dérange pas ? Je peux rappeler si c'est mieux.*

– *Non, vas-y, je suis là, tout va bien.*

Quand j'ai été nommée au standard et qu'on m'a appris que je ne serais plus l'assistante du directeur, je ne l'ai pas dit à Solange. Je ne sais pas pourquoi, j'ai eu honte. Et Solange, la première fois qu'elle a appelé et qu'elle est tombée directement sur moi, n'a pas posé de question.

Solange ce jour-là m'a parlé de son mari qui ne sortait plus de la maison, il ne descendait même plus au jardin, *Rends-toi compte, lui qui y passait ses après-midi*. J'ai dû l'interrompre. Une agence extérieure cherchait à joindre quelqu'un à la direction. J'ai transféré l'appel à une secrétaire qui m'a répondu ne pas pouvoir prendre la communication. Les voix se sont chevauchées, la secrétaire, le message d'attente qui répétait le nom de l'entreprise sur fond de musique publicitaire. Et en filigrane, la voix de Solange dans la nuit de l'enfance, la seule capable de me rassurer tandis que derrière la vitre du vasistas, dans une clarté d'un autre monde, des formes monstrueuses se détachaient et serpentaient au-dessus de nos têtes, laissant sur le verre la trace baveuse de leurs écailles.

J'ai promis à Solange de la rappeler et elle a raccroché. Le téléphone a sonné de nouveau. C'était Chantal, la Cousine aux paupières peintes.

Chantal et son mari Jean-Marc allaient cet automne-là travailler à la cueillette des pommes dans la vallée. Ils s'y étaient déjà résolus l'année précédente.

La saison démarrait en octobre et s'achevait en novembre. Un autocar spécial venait chercher les saisonniers au petit jour. Avec la pluie, les bottes s'enfonçaient dans la boue et chaque pas coûtait. Le temps de ramasser les fruits d'un même arbre, le cueilleur s'enlisait. La glaise avalait le pied. Il fallait tirer sur les muscles pour se dégager et cela faisait mal. Chantal avait l'impression d'une main invisible qui avait jailli de la terre pour lui enserrer le mollet et l'étrangler. Si elle ne réagissait pas, si elle attendait trop longtemps, la main allait l'aspirer vers les profondeurs. Mais si elle forçait pour s'extirper du bourbier, il lui semblait que la peau allait s'arracher et rester collée à la matière visqueuse.

Les Polonais étaient les plus nombreux. Ils se taisaient. Ils avaient la peau blanche, une peau faite pour le ciel de novembre. Chantal faisait semblant de ne pas les voir. Elle les devinait du coin de l'œil mais il aurait pu tout aussi bien s'agir d'oiseaux ou d'arbres. Elle, elle suivait son rang sans un mot. Quand elle surprenait Jean-Marc au milieu de sa file de pommiers, lui aussi affichait un air détaché, on aurait cru qu'il s'adonnait à un exercice physique pénible mais revigorant.

Dans l'autocar au retour, elle fermait les yeux. Ce n'était pas seulement de fatigue. Elle voulait continuer à ne rien voir. Le moteur tremblait à chaque changement de vitesse et la carlingue de métal en était toute secouée. Les rétroviseurs attrapaient des visages. Quand il lui arrivait de rouvrir les yeux, elle les détournait sitôt qu'elle croisait un regard.

Je l'appelle la Cousine aux paupières peintes parce que depuis son plus jeune âge, elle a pris l'habitude de trop se maquiller. Son mari et elle ont été commerçants, c'était il n'y a pas si longtemps.

Dans l'écouteur, un signal bref m'a indiqué que de nouveau, on cherchait à me joindre. J'ai appuyé sur une touche. Une voix a demandé à me parler. À me parler à moi. Je me suis redressée sur ma chaise. Peu d'appels parviennent au standard à mon intention et en citant directement mon nom de famille. J'ai dit : *C'est moi-même*. La voix m'a fait répéter. Il fallait que je confirme. Oui, il s'agissait bien de moi.

– C'est l'hôpital, madame. Votre époux a été victime d'un accident cardiaque ce matin. Il a été transporté dans nos services.

Je suis restée collée à ma chaise, téléphone à l'oreille. Je me suis entendue respirer comme si c'était la première fois. Je respirais fort. J'ai pensé : *Il faut que je trouve quelque chose à dire, quelque chose qui convienne. Que dit-on d'habitude dans ces cas-là ?*

J'espérais que la voix n'en finirait pas de parler, qu'elle ne me laisserait pas le temps de prononcer un mot. J'ai cherché dans ma tête. J'ai tenté de me remémorer des films. Que dit-on dans les films quand ce genre de choses arrive ? Puis aussitôt je me suis dit : *Il faut que j'appelle Solange.* Dans quelques secondes, la voix allait s'interrompre et je me retrouverais face à une gueule béante. Le vide allait m'avaler.

Bernard dans la nuit avait été pris d'un malaise qu'il avait mis sur le compte d'une mauvaise digestion. Il s'était assis sur le bord du lit en attendant que cela passe. Ce matin, il était sorti dans l'allée du jardin, il avait respiré l'air frais de la rivière, et la douleur l'avait de nouveau poignardé. Il était parvenu à regagner la maison pour téléphoner. On l'avait transporté en hélicoptère.

La voix dit : *Rassurez-vous, votre mari est hors de danger.*

Puis :

– Le mieux serait que vous veniez.

– Bien sûr. J'arrive tout de suite.

J'ai revu Bernard la première fois que nous nous sommes rencontrés. Il portait son uniforme de l'armée de l'air, grade de caporal. Il n'était pas beau, pas de finesse dans les traits, ni constitution athlétique, mais il avait vingt ans, il parlait fort et n'avait peur de rien.

Je suis sortie sur le trottoir. Le téléphone n'arrêtait pas de sonner à mon bureau, des centaines de téléphones sonnaient aux fenêtres. Il fallait prévenir le Fils. L'idée ne m'était pas venue avant, et j'étais incapable de calculer s'il fallait retrancher ou ajouter des heures pour tenir compte du décalage avec la Californie. Quelle heure était-il là-bas quand nous nous retrouvions le dimanche après-midi par écran interposé ? Je ne parvenais pas à aller au bout d'une pensée, à peine formés les mots me fuyaient.

La voiture a filé sur l'avenue qui traverse la ville jusqu'au fleuve. Sur la rive opposée, c'était le quartier où habitait maman. Les habitants quand j'étais enfant allaient se baigner sur une plage. Sur une île aux beaux jours, ils étendaient leur linge et patientaient les pieds dans l'eau en attendant qu'il sèche. L'eau claire laissait voir le fond. Ils s'amusaient à la brasser, à former des tourbillons de sable et s'éclabousser de gerbes d'écume.

Pour rejoindre la rive en face, nous empruntions une passerelle que nous appelions *le pont de fil*. L'autre rive, c'était la ville, les magasins de mode, les cinémas, les bureaux, les avenues tracées au cordeau tandis que dans le quartier où nous vivions, les rues étaient sinueuses et resserrées, je m'y sentais prise comme dans les mailles d'un filet. Sur l'autre rive la foule tournait sur elle-même et donnait le vertige.

Bernard effectuait son service militaire à la base aérienne, celle qu'Anglais et Américains visaient avec leurs bombes durant la guerre. Je l'ai vu dans son uniforme, spencer cintré, calot plié sous l'épaulette. Militaire, ce n'était pas son métier. Son métier c'était mécanicien même s'il ne l'avait jamais vraiment exercé.

Il avait l'air d'un voyou, mais un voyou inoffensif. Une tête à jouer dans un film italien. Plus tard, j'ai vu *Rocco et ses frères* et je l'ai imaginé dans le rôle d'un frère d'Alain Delon. Le genre qui fait rugir sa Vespa pour faire rire les filles. Delon, je n'aurais pas voulu. Avec son sourire de jeune sorcier et son allonge de panthère, il m'aurait fait trop peur.

J'ai passé des heures enfant devant la passerelle du fleuve. Dix minutes suffisaient pour atteindre la berge opposée mais celle-ci me paraissait si lointaine, au point d'être inabordable. Pour y parvenir, il fallait passer au-dessus d'une masse liquide impressionnante, en reluquant du coin de l'œil les paquets d'eau trouble charriés par le courant, certains d'une consistance visqueuse, comme mêlés de glaires, d'autres dont s'irisaient les reflets huileux. La puissance du débit emportait tout sur son passage, et les jours de grand vent la passerelle tremblait.

Un après-midi que je me tenais devant le pont de fil, Bernard a surgi comme tombé du ciel dans son costume d'aviateur. Et voilà qu'arrivé jusqu'à moi par la voie des airs, il repartait de la même façon, suspendu au-dessus du vide dans quelques mètres carrés de métal et de verre, les parois vibrant comme si elles allaient se détacher, son corps flottant par-dessus les champs et les rivières. Peut-être rêvait-il qu'il pilotait un avion. Il avait décollé des hauteurs de la ville pour venir me chercher au bout de ma passerelle.

2003

Ce n'est pas vrai que l'accident de Bernard n'avait rien changé. Entre nous, bien sûr, tout est resté pareil, et il en sera ainsi jusqu'à la fin parce que depuis un certain temps déjà, nous n'avons plus rien à apprendre l'un sur l'autre. Tout ce qu'il y avait à savoir, nous en avons eu connaissance, jusqu'à la plus petite rognure de secret qui traînait dans les coins, réduite avec les années à l'état de poussière, et de son côté à lui, il n'y en avait pas tant. Mais en moi, quelque chose s'est déplacé. Je ne saurais pas dire quoi, c'est à peine perceptible, comme lorsque dans une pièce on s'est contenté de changer la place d'un objet et que cela suffit à ne plus se sentir tout à fait chez soi.

Je ne vais pas pouvoir continuer longtemps comme ça. Il va falloir que je parle à Solange. Maintenant que maman n'est plus là, elle est la seule à pouvoir quelque chose. J'en brûle d'envie et en même temps j'ai peur. J'ai peur comme je n'avais pas eu peur depuis l'année où je suis tombée malade. Malgré tout, je le sais, je ne vais pas pouvoir m'en empêcher. Et une fois que j'aurai posé la première question, je ne pourrai plus m'arrêter ni revenir en arrière. Il va falloir qu'elle me parle de la sœur morte, qu'elle me dise aussi ce qu'il s'est réellement passé avec le Fils. Mais je ne sais pas par quoi commencer, je ne peux pas démêler tout ça. Ce serait trop facile si la vie était un questionnaire à remplir, toutes les questions alignées dans l'ordre l'une en dessous de l'autre, A, B, C, D. Là, les questions se rattachent toutes entre elles, visqueuses et parcourues de tressaillements, se contorsionnant sur elles-mêmes.

Je me souviens d'un après-midi de l'été 2003, où Bernard et moi, de retour de la ville, nous nous sommes arrêtés chez Solange. Le mari de Solange regardait le Tour de France. Guillaume était là. Celui-là, d'habitude quand je lui parle, il sait répondre sans répondre. Je crois avoir noué un collet et d'une phrase, il le délace sans que j'aie rien vu venir. Mais cette fois, Bernard et lui se sont souvenus des dimanches autrefois au bord de la rivière. Bernard a dit : *On était bien, non ?* Et Guillaume a paru se laisser aller. Il a souri, a hoché la tête et murmuré : *Oh, oui, on était bien…*

Un cortège de voitures se formait le matin. Bernard et moi, maman, Solange et son mari, la Cousine aux paupières peintes, certains étés la sœur de Bernard et son mari. Quand le temps l'autorisait, nous prolongions la saison jusqu'en octobre. Ces journées-là, quand nous poussions si loin dans l'arrière-saison, offraient une saveur décuplée, nous avions l'impression de jouir plus qu'il nous était dû, et nous nous dépêchions de le faire comme si quelqu'un un jour, allait nous réclamer des comptes.

La route ondulait entre le coteau et la rivière. Je roulais vite. J'aimais la vitesse. Par intermittence nous nous perdions de vue le long du trajet, et à la sortie des virages je vérifiais dans le rétroviseur si les autres voitures suivaient. Le ciel vibrait derrière les vitres, le plus souvent c'était une lumière d'août toute craquelée de chaleur, les peintures métallisées des carrosseries renvoyaient la brûlure du soleil.

Nous arrivions en fin de matinée pour repartir à la nuit. Chacun apportait un plat. Après déjeuner, les hommes s'octroyaient une sieste tandis que les femmes en demi-cercle sur des pliants, parlaient à l'ombre des grands arbres. Le mari de Solange mettait en sourdine l'autoradio pour le Tour de France. La voix du commentateur grésillait par la vitre entrouverte. Je passais des heures à regarder le bleu de l'eau, un bleu dont les nuances allaient jusqu'au vert. Des arbres craquaient. Par intervalles retentissait l'aboi d'un chien par-delà le coteau, un chien de ferme seul au bout de sa laisse. Il me semble qu'on ne peut pas être plus seul qu'à seize heures un dimanche, c'est le jour et l'heure où j'ai l'impression de tomber dans le vide.

Les femmes feuilletaient *France Dimanche* et *Télé Poche*. Nous nous donnions des nouvelles des habitants du quartier du fleuve. Le Fils et les neveux jouaient au badminton. Des nuages d'insectes dansaient dans la lumière. Nous nous répétions les mêmes histoires sans nous lasser, le jour où Bernard, assis sur son pliant, à force de se pencher pour attraper une ligne dans sa boîte à pêche, a basculé dans la rivière perdant ses lunettes au fond de l'eau, l'après-midi où il s'était allongé à l'arrière de la voiture pour une sieste et où les enfants, postés aux quatre coins du véhicule, l'avaient fait se balancer de toutes leurs forces, poussant des hurlements surexcités, arc-boutés sur le capot et les ailes pour imprimer davantage de roulis.

Maman se tenait au milieu du demi-cercle, silencieuse ou bien si elle parlait, c'était pour demander l'heure ou passer une consigne, dans une robe qui avait l'air d'une blouse, gris fer ou bleu cobalt. Si quelqu'un avait repéré un avis nécrologique dans le journal, il se tournait dans sa direction et demandait s'il ne s'agissait pas de cette famille qui habitait notre rue autrefois. Dimanche après dimanche, elle tenait à jour le répertoire des morts. *C'étaient bien eux qui habitaient de l'autre côté de la cour à l'étage ? Elle, c'était une grande brune ? Elle avait un frère, il travaillait bien à l'école, sais-tu ce qu'il est devenu ?* On la questionnait, elle laissait échapper sa sentence. Cela fait maintenant dix ans qu'elle est partie rejoindre l'interminable cortège de ceux dont elle a confirmé la mort d'une phrase sèche, un dimanche d'août, dans les heures molles et paisibles de l'après-déjeuner, tandis qu'invisible, un chien au loin aboyait dans le vide.

Nous repartions après dîner, des salades de riz, des clafoutis, des sardines en boîte, la nuit nous tombait dessus. Au volant, je goûtais l'air frais par la vitre entrouverte. L'obscurité crissait. Le parfum de menthe qui montait était légèrement poivré. Ces soirs-là, on aurait dit que notre histoire ressemblait un petit peu à quelque chose.

Solange et moi, les après-midi au bord de la rivière, il nous arrivait de parler de ses années d'apprentissage après-guerre. Couturière, elle avait trouvé du travail dans une maison de farces et attrapes qui confectionnait fanions et drapeaux. Le magasin appartenait à des Juifs dont une partie de la famille venait d'être anéantie sous l'Occupation. Quand nous parlions d'eux, c'était toujours avec un mélange d'apitoiement et de crainte. Ils avaient eu des malheurs mais ce n'était pas le malheur ordinaire des gens, une part leur était due. Nous ne le disions pas de cette façon, c'est à peine si nous le pensions vraiment, mais tout de même un peu. Leur souffrance paraissait s'inscrire dans un certain ordre des choses, elle était le prix à payer pour ce qu'ils avaient et que les autres n'avaient pas. En disant cela, ce n'était pas l'argent que nous avions en tête, mais les secrets dont ils étaient les seuls détenteurs, leurs livres sacrés, ce fatras inaccessible à qui n'appartenait pas à leur cercle, les paroles hermétiques sorties de plus loin que la Bible, qui semblaient délivrer une vérité à eux seuls réservée, et de ce drôle de Dieu qu'ils ne voulaient partager avec personne.

La douleur qui leur avait été infligée, aucun de nous ne la leur aurait souhaitée, et même nous la condamnions, se la représenter était insupportable, mais puisqu'ils étaient les seuls détenteurs d'une puissance indicible, il n'était pas anormal que les malheurs qui les avaient frappés, les frappent eux et eux seuls tandis que nous, les gens ordinaires, en restions exemptés. Nous ne pouvions pas dire que c'était justice, certainement pas, mais le contraire, si leur malheur avait été partagé par tous, voilà qui assurément aurait été injuste.

Cette année-là, 2003, la Cousine aux paupières peintes m'a téléphoné pour me dire que son mari et elle cherchaient à vendre le magasin de photographie dont ils étaient propriétaires en ville. L'activité n'assurait pas le chiffre d'affaires escompté et les loyers des appartements à l'étage ne compensaient pas. Déjà, en début d'année, ils avaient vendu le magasin de la vallée, ouvert vingt-huit ans plus tôt. Les murs, pas le fonds, parce que le fonds personne n'en a voulu.

C'est pour cela aussi que je me méfie de Guillaume. Il fait croire que nous sommes faits pour nous aimer les uns les autres mais il roule en Alfa, gagne sa vie en écrivant des histoires qu'il raconte aux pauvres dans son journal, et vit à l'abri des grilles de sa maison de campagne. Lui qui lit tant de livres, devrait pourtant savoir que nous ne sommes pas faits pour l'amour.

Le Fils aussi laisse croire que l'argent n'a pas d'importance. De toute façon, l'Américaine et lui vivent comme si rien n'en avait.

2002

J'ai dit : *J'ai cinquante-neuf ans.* Le directeur se tenait assis de l'autre côté du bureau. Il a écarté les mains comme pour dire : *Je n'ai pas posé la question.* Il s'est contenté de mentionner ma date de naissance au détour d'une phrase. Mais je savais très bien ce qui allait suivre.

Il a laissé échapper une exclamation : *Quarante ans de carrière !* et a fait mine de s'étonner, il a gloussé, le gargouillis dans la gorge s'est prolongé en soupir.

– *Cela n'existe plus des gens comme vous.*

J'ai fixé sa bouche, la finesse des lèvres contrastait avec le gras des joues. Il était jeune encore, il s'entretenait, c'était visible mais ce gras aux joues le trahissait. Comme un corps étranger qui suffisait à révéler ce qu'il s'ingéniait à garder caché.

Sa phrase et il le savait parfaitement, était à double sens. Pour dire son admiration aussi bien que son agacement. *Cela n'existe plus des gens comme vous.* Il avait su moduler le ton de façon si parfaite qu'on pouvait y entendre l'étonnement, le plaisir, le reproche et l'approbation, sans rien pouvoir démêler. Le dédain et la moquerie, aussi. Je les avais perçus à une vibration d'à peine quelques secondes. La voix avait décrit une courbe puis s'était infléchie.

– Il vous sera facile d'aligner les trimestres, vous avez commencé si jeune. Notez bien, c'est un droit que vous avez la possibilité de faire valoir mais vous avez tout autant le droit de ne rien réclamer, sinon ça ne s'appelle plus un droit mais une obligation.

Oui, il savait faire ça, il était fort : contrôlant à la perfection la façon qu'avait la voix d'attaquer une syllabe, il en faisait varier à volonté la hauteur ou l'intensité pour donner à la phrase une coloration particulière.

Il a souri, content de sa formule. Il a ouvert un tiroir, en a extrait un dossier dont il a tourné les pages au hasard, l'air de le découvrir pour la première fois, comme s'il feuilletait un magazine dans une salle d'attente de médecin. Rien ne paraissait grave. J'ai reconnu la photo, déjà ancienne, agrafée au revers de la page de garde. J'ai juste eu le temps de penser : *Je ne me souvenais pas de cette coiffure, c'était en quelle année ?* Plusieurs années me venaient.

– Évidemment, tout a changé depuis que vous êtes au standard.

Je suis restée sans rien dire. Je ne savais plus ce qu'il attendait de moi à cette seconde. J'ai pensé : *Je ne partirai pas l'année prochaine. Je vais rester là. J'ai trop voulu y être. Parce que je ne voulais pas porter de blouse. Ma mère en portait pour faire les ménages chez le chanoine du quartier. Ma sœur pour travailler dans son atelier de farces et attrapes. Mes tantes à la ferme. Moi, j'ai voulu être une femme sans blouse. Mon bureau, mon fauteuil, mon téléphone délimitent mon territoire. Le seul que j'aie jamais senti à moi. Toi, avec tes lèvres sèches et tes joues grasses, tu n'as sans doute jamais désiré autant que moi être ici.*

Tandis que je restais muette face à lui, je me dépêchais de penser par peur qu'il vienne dire quelque chose qui rompe la chaîne des mots. Les mots venaient tous seuls : *Je n'ai jamais été une vraie mère au fond sinon je ne parlerais pas à mon fils à travers un écran de l'autre côté de l'océan, et puis il s'est passé ce qu'il s'est passé autrefois, ou j'ai cru que cela s'était passé, peu importe, cela revient au même. Je n'ai pas été une amante non plus, je n'ai pas aimé l'amour. Mais j'ai été une femme qui avait son bureau à elle et ne portait pas de blouse.*

Il fallait bien que cela arrive, il a repris la parole. Il me parlait comme à une amie de longue date sauf qu'il regardait ailleurs, du côté de la plante verte sur le meuble où étaient rangés ses dossiers. Le cuir du fauteuil grinçait quand il se renversait en arrière.

– Combien cela fait-il d'années maintenant que Bernard est à la retraite ? Toujours à L. ? Cela fait de la route. Trois quarts d'heure, non ? Tout bien considéré, avec le prix de l'essence et votre loyer en ville… Cela doit en représenter des allers-retours. De l'argent et de la fatigue. Cela va pour vous ? Vous avez été si fatiguée il y a quelques années ? Cela remonte à quand, déjà ? Dix ans, sept ans ?

Il a précisé que bien sûr, il avait entrepris la même démarche auprès de l'ensemble des salariés. J'ai souri et j'ai continué à l'écouter. Il penchait la tête d'un côté, puis de l'autre, comme si les mots qu'il prononçait maintenant à jet continu, l'empêchaient de bien me voir. Il a observé cette femme nerveuse aux attaches sèches qui faisait semblant de ne pas comprendre.

– Peut-être depuis deux ans que vous êtes au standard, vous avez perdu un peu d'intérêt pour la tâche. On vous a expliqué pourquoi à l'époque, n'est-ce pas ?

Il parlait comme si nous devions tuer le temps dans une file d'attente au cinéma ou à la caisse d'un supermarché.

– Vous savez quoi, je vais vous dire : j'aime bien ces conversations, je n'ai pas si souvent l'occasion d'échanger avec les uns et les autres.

Il est resté là à attendre ce que je ne lui dirais pas.

Ce jour-là, je suis rentrée dans mon studio et je me suis allongée. J'ai pensé au Fils. Dans ses derniers messages, il répondait vaguement aux questions que je lui avais posées sur la tournure de ses affaires. Cela faisait trois ans qu'il était parti s'installer aux États-Unis avec un projet d'entreprise dans le conditionnement des produits laitiers. Quand il me répondait, je comprenais ce qu'il me disait, ses propos me rassuraient, mais si je relisais le message électronique quelques heures plus tard, ce que j'avais cru saisir n'était plus là. Les mots et le sens que je leur avais accordés, s'étaient envolés.

Dans l'avant-dernier message, il m'avait appris qu'il donnait des cours de français dans une association, de quoi assurer un petit revenu, une solution provisoire dans l'attente que ses affaires décollent, avait-il dit, à moins qu'il ne l'ait pas vraiment dit mais que je m'en sois persuadée.

Aujourd'hui, sept ans après son départ, je me demande si le projet d'entreprise a jamais existé. Peut-être était-ce l'alibi tout trouvé pour partir. En réalité, il n'était pas parti créer son affaire, il était parti pour nous quitter. Bernard dit que ce n'est pas normal, tant d'années d'études pour donner des cours dans une association.

– Moi, avec un CAP de mécanicien, j'ai fini responsable régional des ventes pour le Sud-Ouest, j'allais de Nantes à Pau. Et toi, avec ton diplôme de dactylo, tu étais l'assistante du directeur.

Ce dont je suis certaine, c'est que le Fils a planifié avec soin son départ. Peut-être des années auparavant. Où il allait habiter, l'école où inscrire le petit-fils, sa situation administrative une fois sur place. Comme un espion prépare son exfiltration. Quand il a été sûr de son affaire, quand il a eu vérifié chaque détail, il nous a annoncé ses intentions sans nous laisser le temps de réagir. La moindre objection pratique que nous soulevions, il avait la réponse. Il s'était reconstruit une vie ailleurs toute prête qui l'attendait. Il n'avait plus qu'à s'y installer comme on enfile un vêtement taillé sur mesure. La vie que nous croyions la sienne, il ne l'habitait plus depuis longtemps. Elle pendait comme une dépouille oubliée au fond d'une armoire.

J'ai rabattu le drap sur moi, et j'ai repensé à la fois, j'avais quinze ans, où j'ai accompagné Solange et son mari dans leur voyage de noces. Pourquoi, je ne me souviens plus. On avait dû vouloir me faire plaisir. Moi, il me semblait que cette sœur qui me parlait pour me rassurer la nuit, allait m'emmener pour toujours, et qu'une bonne fois pour toutes j'allais changer de vie.

En route, nous nous sommes arrêtés dans la famille du mari. Un petit cousin, âgé de huit ans, a passé son temps à table à m'observer comme on observe une dame. Il épiait mes gestes, prêtait attention aux couverts que j'utilisais, à la façon dont je me tamponnais les lèvres avec ma serviette après chaque bouchée, et comme je me tenais droite sur ma chaise.

La cuiller allait à la bouche et non la bouche à la cuiller, j'avais appris ça dans les films. Au cinéma, les femmes ne se comportent pas à table comme dans la vie quand une bouchée n'attend pas l'autre. Elles glissent une bouchée entre leurs lèvres mais on ne les voit pas mâcher, impossible de deviner le poids de la nourriture entre leurs joues, puis sans qu'on les ait vues déglutir, elles participent à la conversation, et avant une nouvelle fourchetée, elles triturent longuement les aliments de l'extrémité du couvert, piquant dedans, faisant le tri, considérant la nourriture d'un œil détaché, presque hostile. Chaque bouchée est minuscule. Elles mangent sans manger. On n'imagine pas d'odeur. Les lèvres ne sont pas tachées.

Finalement, j'ai été une vraie femme une seule fois dans ma vie et c'était dans le regard d'un enfant de huit ans. Nous nous sommes revus quelques fois. Il est aujourd'hui un homme et il est marié. Tout le monde lui trouve un faux air de Marlon Brando mais nous n'avons jamais reparlé de cet été-là.

Bernard ne m'a jamais regardée manger, ni secouer ma chevelure comme on le fait au cinéma. Il m'a désirée, ça oui, violemment, dans un sursaut animal, mais il ne m'a jamais regardée comme on regarde une femme.

2001

Cette conversation date de 2001. Cinq années se sont donc écoulées mais je l'ai en tête aussi précisément que si je l'avais enregistrée. Déjà, à l'époque, je cherchais à savoir.

De grosses gouttes s'écrasent sur le pare-brise, rondes et compactes comme des fruits mûrs. J'actionne les essuie-glaces.

Solange, assise à ma droite, demande :

– *Tu ne veux pas t'arrêter à la maison ?*

– *C'est gentil mais non, Bernard m'attend.*

Il me reste trois quarts d'heure de route jusqu'à L.

– *J'ai les courses à décharger et il fait déjà nuit.*

Je longe la cité universitaire au sud de la ville, puis la zone commerciale, le long de laquelle trône un monument de béton, le premier hypermarché à avoir ouvert dans la région il y a trente ans. Tout le monde y allait faire ses courses, Solange, Chantal, Bernard et moi, et le dimanche lorsque nous nous rassemblions en famille, nous nous racontions nos achats comme une suite d'aventures dans un univers sidérant. Les portes vitrées se déclenchaient toutes seules, nous avions beau le savoir nous nous laissions surprendre. Une dalle soutenue par des centaines de piliers portait le magasin, une galerie marchande, une station-service, on aurait cru un porte-avions échoué en plein champ. Cela fait dix ans que l'endroit a fermé. À l'intérieur du parking couvert, l'obscurité est si épaisse que les phares des voitures depuis la route ne parviennent pas à l'entamer. Seuls se distinguent, éclairés furtivement, d'anciens graffitis sur les rampes d'accès, *Lisez Rouge* et *Nixon valet de l'impérialisme* imprégnés dans le béton comme un tatouage sur la peau.

Je quitte la route principale et m'engage dans l'allée d'un lotissement. Les télés à l'intérieur des pavillons jettent des éclats bleutés. On pourrait s'amuser à deviner l'action sur l'écran rien qu'en guettant la succession des éclairs. Comme les pulsations d'un cœur, parfois presque inerte, qui s'emballe tout à coup, mais le sang qui circule a tantôt la teinte du méthylène, tantôt il est si pâle qu'il fait penser à la maladie et à l'hôpital.

Je me gare devant la maison de Solange. Par la porte-fenêtre, je devine la silhouette du mari dans son fauteuil.

Je laisse le moteur tourner. Solange fouille dans son sac à la recherche de ses clés. La silhouette du mari passe et repasse derrière la vitre.

– *Je voulais te parler d'une chose…*

Tête baissée, elle ne réagit pas, occupée à triturer dans le fond de son sac. Cela me soulage. Elle laisse juste échapper un petit *hummm*. L'air de dire : *Tu vois bien que je suis occupée.*

– Au sujet de Michèle.

Cette fois, elle redresse la tête. Son regard brille dans l'obscurité tandis que la main continue de brasser à l'intérieur du sac.

– Quoi, Michèle ?

– Cela t'agace d'en parler ?

– Dis-moi, qu'est-ce qu'il y a avec Michèle ?

Le pavillon de l'autre côté de la rue disparaît peu à peu derrière la buée qui monte le long des vitres de la voiture. Une ligne de lumière projetée par le lampadaire le plus proche, suit le profil de Solange, la courbe du nez, le renflement des lèvres.

Je me lance.

– Tu crois que maman m'a aimée. Je veux dire, vraiment aimée ?

Solange se cabre.

– Tu devrais t'en souvenir autant que moi.

– Je veux dire, quand j'étais trop petite pour m'en souvenir.

Elle se tourne et me dévisage. Un regard intense. Je le sens qui me transperce. Elle semble me vouloir du mal. J'ai envie de dire : *Solange, c'est moi, ta petite sœur que tu apaisais quand elle avait peur la nuit, la petite sœur que tu as toujours protégée, ne me regarde pas comme ça.*

– Qu'est-ce que tu t'es encore mis dans la tête ?

Je cherche une réponse qui la satisfasse. À cette seconde, je n'ai plus qu'une envie, que d'une phrase elle efface toutes les questions. Qu'elle sache trouver les mots. Elle sait faire cela. Elle savait comment s'y prendre quand j'étais petite, elle parlait et tout s'effaçait à l'intérieur de ma tête.

– Qu'est-ce que c'est que ces questions ? Tu ne vas pas recommencer ? Et qu'est-ce que Michèle vient faire là-dedans ?

Je décide de reprendre le dessus.

– Elle est morte quand, Michèle ? Exactement ?

– En 1942, tu le sais bien.

– Mais quel mois ? Novembre, c'est ça ? Je ne me trompe pas ?

– Novembre 1942.

– Elle était malade. Cela a duré longtemps, tu me l'as raconté un jour. Cela veut dire que quand maman était enceinte de moi, Michèle était en train de mourir.

– Et ? Où veux-tu en venir ?

– Ce serait normal que je l'aie dégoûtée. Ce serait parfaitement normal.

– Elle t'a aimée comme elle a aimé tous ses enfants.

– Tu ne peux pas dire le contraire, elle aurait préféré garder en vie sa fille aînée si elle avait eu le choix. Garder cette vie intacte, alors que moi, je n'étais rien, je n'existais même pas. Une fille de plus, elle n'en avait pas besoin, il y avait Michèle et toi. Moi, quelle différence cela faisait ? Elle aurait voulu m'échanger contre Michèle si elle avait pu, j'en suis sûre, c'est à ça qu'elle devait penser quand ses yeux tombaient sur son ventre en train de grossir. Au fur et à mesure qu'il grossissait, c'était comme si la mort enflait et prenait toute la place.

Solange se retient de dire : *Tu es folle* mais il est trop tard, j'ai deviné le mot au mouvement des lèvres. Le mot n'est pas sorti mais les lèvres l'ont dessiné. Elle se penche et dépose un baiser sur ma joue.

– Débarrasse-toi de ce genre d'idées. Cela fera bientôt dix ans que maman est morte. Et bientôt soixante pour Michèle. Laisse-les en paix. Pense à ton fils, à ton petit-fils, parce qu'après, il sera trop tard.

Elle déboucle sa ceinture de sécurité et ouvre la portière. On entend le bruit des gouttes d'eau dans les arbres. Elles rebondissent en éclatant de feuille en feuille.

Solange s'extirpe de la voiture et se penche dans ma direction. Une seconde, je pense : *Ça y est, maintenant elle va tout me dire, enfin je vais savoir la vérité.*

Elle se rapproche un peu plus.

– *Embrasse Bernard pour moi.*

Au moment d'ouvrir son portail, elle se retourne et m'adresse un petit signe de la main. Je presse l'accélérateur. Sur la route, la lueur des réverbères me balaie le visage. La clarté me frappe d'abord en pleine figure puis se répand à l'intérieur du véhicule, je la sens qui me coule le long des bras avant que de nouveau l'habitacle replonge dans l'obscurité.

Près de l'échangeur autoroutier, je traverse un gigantesque jeu de cubes emboîtés, au-dessus desquels pointent une dizaine de grues comme autant de têtes d'échassiers. La pluie se précipite. Des rafales cinglent le pare-brise. Une base logistique est sortie de terre l'an dernier. Un soir de mauvais temps comme aujourd'hui, l'endroit avec ses quais et ses camions qui tournent en rond dans la plaine, ballottés comme à la surface d'une mer invisible, fait penser à un port dans la tempête.

Maintenant, je le sais, je vais devoir me débrouiller seule. La vérité, il va falloir que je la trouve par moi-même. Ou bien, la prochaine fois, je me préparerai mieux. Je forcerai Solange à me parler. Je ne lui laisserai aucune retraite possible.

Je sens la résistance de l'eau sous les pneus aux endroits où elle s'est accumulée par flaques. Les essuie-glaces battent la cadence. Mon cœur s'est mis au rythme.

Avant de bifurquer pour prendre la route de L., je vais traverser un bourg et je ralentirai pour observer les enseignes des restaurants. Chaque fois, je prends le temps de jeter un œil parce que j'aime les noms, *Le Grand monarque*, *Le Cheval blanc*, *Le Chêne vert* ou *Le Veau d'or.* On a l'impression que des sauces y réduisent à feu doux dans la même casserole depuis des siècles, et derrière les rideaux des maisons, la chaleur dilate des odeurs de cire et de sauce au vin. Le dimanche, on doit servir à table des rôtis à la chair grenat. Ce sont des maisons assises sur leur confort, leur seule extravagance tient dans une corniche ou une marquise au-dessus du perron, pas l'une de ces verrières en forme de cathédrale qu'on trouve dans les châteaux, juste de quoi s'abriter le temps de tourner sa clé dans la serrure, une fantaisie raisonnable à peine plus large qu'un parapluie. Chaque fois, je pense : *On pourrait croire qu'ici, quelque chose a duré, on a eu le temps d'arriver au bout d'une histoire.*

Je prends la route de L. sur la droite. Si j'avais continué, je serais passée à la sortie du bourg devant un hôtel, *L'Étoile du Sud*, un bâtiment blanc des années 1950. La route à cet endroit ne s'embarrasse pas de virages. Elle invite à la vitesse, elle est faite pour la jeunesse. *L'Étoile du Sud* a fermé ses portes il y a bien des années.

2
REGARDER LES GARÇONS DANS LEURS SLIPS DE COULEUR

2000

Nous déjeunons, Bernard et moi, puis je reprends ma place dans le canapé du salon. La même place, dans la même position. La vie suit son cours. Les mêmes habitudes, les mêmes paroles, les mêmes gestes, je réfléchis aux dernières affaires qu'après-demain lundi, je vais mettre de côté au bureau en vue du déménagement, dont j'ai noté la date sur mon calendrier, 24 avril 2006, comme si je pouvais l'oublier, mais je n'arrête pas de repenser aux années écoulées. C'est le même rail le long duquel nous glissons, mais le mouvement s'est grippé, les roues grincent et vont de travers.

Repenser n'est pas le mot, disons que des images surgissent d'elles-mêmes. Le plus étrange est que Bernard n'a qu'un lointain rapport avec toute cette histoire. Il s'y rattache mais n'en est pas le cœur.

Je le sens, il va falloir que j'aille chercher plus loin encore. Plus loin que les dix années écoulées, peut-être plus loin que les dix précédentes, si loin que je ne sais pas quand finira le voyage. Plus je consens d'efforts pour me souvenir, plus je me fais penser à une vague en mouvement. L'une de ces vagues qui certains jours agitent le fleuve, aussi puissantes que celles de l'océan. Je me jette en avant, encore que dans mon cas il s'agirait plutôt de me propulser en arrière, et chaque fois j'atteins une portion de terre ferme restée jusque-là hors de portée, un îlot, un banc de sable, mais chaque fois aussi une force invisible me fait refluer, tantôt en douceur, tantôt avec violence. Toujours le courant me rattrape.

J'ai eu cinquante-sept ans en 2000. Je savais qu'au bureau, ils voulaient me voir partir mais j'allais être plus forte qu'eux. S'ils m'avaient reléguée dans une pièce vide sans rien avoir à faire, j'aurais acquiescé en souriant, l'air de trouver cela naturel.

Ils ne pouvaient pas comprendre. Quand ils m'ont dit que je ne serais plus l'assistante du directeur et que j'étais nommée à l'accueil, j'ai fait semblant que c'était normal. J'aurais pu leur dire que j'exerçais ma mission depuis vingt ans, que je connaissais mon métier à la perfection, je pouvais réciter par cœur la liste des agents généraux, je savais réserver les salles de congrès pour les séminaires, les chambres d'hôtel pour les cadres convoqués au siège, je rappelais au directeur d'aller chercher ses enfants à l'école et ses rendez-vous chez le dentiste, on ne m'avait jamais prise en défaut. Mais je n'ai rien dit et j'ai laissé faire. J'ai prétendu trouver cela normal. J'ai toujours procédé ainsi : faire comme si tout était normal. C'est la seule façon qu'on n'ait aucune prise sur moi. Si vous vous plaignez, il ne faut pas croire que les autres vous porteront secours. Est-ce qu'on a jamais vu ça ? Est-ce qu'on les a jamais vus régler vos problèmes à votre place ? La seule chose qu'ils sachent faire, c'est poser des questions qui vous déplaisent, et à la fin, pour se débarrasser de vous, ils n'ont d'autre moyen que de vous faire sentir responsable de ce qui vous arrive, ainsi ils se croient quittes.

Le vendredi soir, je retrouvais Bernard. Je lui parlais mal, depuis un certain temps je ne pouvais pas m'en empêcher. Cela s'arrangeait dans l'heure mais aussitôt que j'avais garé la voiture et qu'il apparaissait dans l'encadrement de la porte, pendant qu'il m'aidait à décharger les courses, j'avais besoin de lui parler mal. Lui se taisait. Ou bien il disait : *Oui, oui* et cela redoublait ma rage, parce que j'avais l'impression d'un infirmier qui s'adressait à une patiente.

Le dimanche, nous nous retrouvions avec le Fils par écran interposé. La pluie grésillait sur la vitre. Bernard avait allumé la cheminée. Le cliquetis du clavier se confondait avec celui des gouttes d'eau. Le Fils avait envoyé une photo de leur maison. Blanche, de plain-pied, une cour sur le devant, un portail grillagé. Je me disais : *Il nous laisse ici avec nos histoires. Nos histoires, c'est comme une nourriture que nous mâchons et remâchons depuis des années, dont les morceaux nous encombrent la bouche. Ils sont trop gros, ça ne passe pas. Nous avons beau mastiquer et mastiquer encore, les faire passer d'une joue à l'autre, nous ne parvenons pas à déglutir pour les faire disparaître.*

Dans une pièce qui faisait la jonction entre les deux ailes de la maison, étaient rangés les meubles de la Cousine aux paupières peintes. Nous les avions entreposés pour lui rendre service, parce que Jean-Marc et elle traversaient des difficultés. Je ne savais pas s'ils les traversaient ou si pour eux ce serait le terminus, si leur vie n'allait pas s'achever dans la faillite et les saisies. Je devinais que sans le dire, Chantal se posait la même question.

Dans la même pièce était rangé le buffet que j'avais récupéré chez maman après son décès. Il n'a pas bougé de place depuis. Enfant, je jouais à ses pieds, il m'écrasait de toute sa masse. De cette puissante muraille ramassée sur elle-même, on extrayait des tasses réservées aux seuls jours de fête, une ou deux fois par an, pas davantage, un service à café couleur bonbon dont je croyais l'orange prélevé à la cuiller dans une crème caramel et le jaune dans un sorbet citron, le rebord surligné d'un fil d'or. Dans le tiroir supérieur droit, était remisé un livre de cuisine dont le dimanche, je feuilletais les pages. Les recettes portaient des noms aux sonorités étranges, *bifteck à la Louvois, bifteck à la russe, salade Carlotta.* Je ne sais pas d'où vient ce recueil, je ne vois pas qui peut l'avoir offert et j'imagine encore moins que maman l'ait acheté parce qu'elle n'aurait jamais servi à table des plats aussi fantaisistes que des *rissoles à la parisienne* ou des *tartelettes aux macaronis*.

Enfant, j'y trouvais la recette des croissants fourrés servis sous Louis XIV pour l'ambassadeur du Grand Turc, je lisais *bifteck à la russe* et j'étais avec Michel Strogoff, *asperges à la Pompadour*, je me trouvais chez Dumas. Des mots étaient associés qui n'allaient pas ensemble. *Salade rose maison, pudding Parmentier.* Je me voyais peindre en rose les aliments, riz ou pommes de terre, qui entrent habituellement dans la composition d'une salade, et j'imaginais sortir du four un gâteau qui mêlait la purée à une préparation molle comme celle qui sert de base à la pâtisserie britannique. J'ai oublié les ingrédients mais penchée sur ces pages tandis que maman s'affairait en cuisine, je me disais : *Un dessert rose, d'accord mais pas une salade, il y a quelque chose qui ne va pas.*

J'y restais des heures. Les salades se braisaient, les fruits passaient au four pour ressortir en gratin, et de toutes ces combinaisons fourrées, pochées, hachées, de ces préparations bouillies, battues, soufflées, de ce carnaval de couleurs et de goûts, je retenais une chose : le champ des plaisirs était bien plus vaste que je ne l'avais cru. Mieux, les mots avaient le pouvoir de rendre ce plaisir sans limite. Une *salade Carlotta* ou une *terrine Poujarski* ne me procureraient jamais autant de plaisir que j'en avais à prononcer leur nom.

1999

La Safrane traçait, aspirée par le flot d'automobiles. Celles qui nous dépassaient filaient à la vitesse de projectiles. Entre les deux rails de sécurité qui délimitaient mon champ de vision, on aurait dit une horde qui se ruait et jouait sa survie.

Les bretelles d'accès décrivaient des boucles sans fin. Bernard et moi plongions dans des tunnels illuminés de points orange. Comme dans les manèges autrefois à la foire, quand les nacelles se précipitaient au fond de trous noirs. On avait l'impression d'une chute sans fin tandis que de chaque côté, le long de parois invisibles, des points lumineux s'enroulaient en spirale.

J'ai le souvenir de la perception d'un danger. D'une brutalité sourde. En même temps, les parois de tôle et de verre n'en laissaient rien passer, l'habitacle était suffisamment hermétique. Et puis, je sentais le poids de la voiture, sa masse, la façon qu'elle avait, comme aimantée, de coller à la chaussée.

Une fois la banlieue dépassée, un clocher a surgi. Chaque fois que nous faisions ce voyage, je le guettais à l'avance. La première fois, sa vision avait été un choc. Parce qu'il n'avait rien à faire là. Avec l'habitude, ce n'était plus la même intensité mais l'impression restait la même. Ce clocher ne se rattachait plus à rien. Il n'était plus en contact avec le monde. Il était comme un déblai, un morceau de la vie d'avant, avant qu'on ait retourné la terre pour en faire surgir un monde radicalement neuf. Neuf jusqu'à la racine.

Bernard a engagé la voiture dans une allée bordée d'arbres jaunes. Un parking était creusé dans l'épaisseur d'un talus. Il s'y est garé. Des enfants riaient au pied de barres d'immeubles. Une pluie fine faisait l'effet d'une poudre aussitôt qu'elle se déposait sur les visages.

Le Fils habitait au huitième. Quand il a ouvert la porte, j'ai remarqué qu'il avait pris du poids et qu'il perdait ses cheveux. L'Américaine est sortie d'une des chambres. Nous nous sommes embrassés. Sur la table de la cuisine, les bols du petit déjeuner avaient été oubliés et il restait des miettes.

Le Fils a proposé un apéritif, il avait acheté du Martini. Il s'est installé dans un fauteuil en face de nous sur le canapé. Nous entendions couler l'eau dans la salle de bains. L'Américaine achevait de se préparer.

Il a versé l'alcool dans les verres.

– *J'ai quelque chose à vous annoncer. Un projet.*

Bernard l'a coupé.

– *Pour ton travail ? Comment ça va, ton travail ?*

– *Ça va.*

Le Fils travaillait dans une coopérative laitière. Sous la responsabilité d'un ingénieur, il veillait sur les procédés de conservation.

– Ce n'est pas la question.

– Ce n'est pas ton travail ?

– C'est plus large que ça.

Bernard a souri. J'ai laissé faire, en alerte. Nous avons trinqué. J'ai pris mon verre, je l'ai porté à mes lèvres et l'ai reposé sans avoir rien bu. Je me suis dit qu'il fallait trouver quelque chose à dire très vite, sinon la conversation allait partir d'elle-même et je ne pourrais pas en reprendre le contrôle.

J'ai demandé :

– Ça ne peut pas attendre ? On vient à peine d'arriver.

J'ai tout de suite su que ma phrase était inutile. Les mots étaient vides. Comme un tir à blanc. Elle resterait sans effet. Je l'ai su avant de l'achever, alors que les mots me sortaient encore de la bouche mais il était trop tard, je ne pouvais pas m'interrompre au beau milieu.

Les mots sortaient d'eux-mêmes, ils vivaient leur vie, ils gambadaient, bondissaient, faisaient des cabrioles, simulant l'ardeur et la fantaisie, tandis qu'une voix intérieure me disait : tout plutôt que de garder le silence. Il fallait dire quelque chose. Attraper les secondes. Ne pas laisser aller les mots du Fils, empêcher qu'ils s'écartent de la trajectoire prévue. En même temps, j'avais la sensation étrange de vivre la situation en léger décalé. Tout me parvenait avec une seconde de retard.

– Ça peut attendre. Tout peut attendre mais autant régler ça tout de suite.

Mes yeux se sont portés vers les fenêtres. Dans le lointain, je devinais Paris sous un ciel gris et rouge.

Le Fils a avalé une gorgée de Martini et a enchaîné.

– Nous comptons nous installer aux États-Unis.

Bernard a persisté à sourire et s'est montré enthousiaste.

– C'est un beau projet, pourquoi pas ?

En une seconde, tout ce que je voyais et entendais s'est trouvé amplifié. Quelqu'un semblait avoir augmenté le volume du son et le Fils, dans son fauteuil, s'était brusquement rapproché, comme s'il m'apparaissait à travers une loupe grossissante.

Il a expliqué qu'il avait un projet sérieux pour créer sur place, associé à un collègue, une entreprise de conditionnement des produits laitiers. Ils allaient faire breveter le procédé, des marchés étaient en vue aux États-Unis et dans les pays baltes.

– *C'est intéressant,* a dit Bernard. Ça *vaut la peine d'être étudié.*

– *Nous l'étudions depuis deux ans. Nous avons déjà vendu l'idée à notre employeur pour le marché français. Maintenant, nous allons négocier avec d'autres clients.*

Des bruits nous parvenaient, étouffés. Un téléphone sonnait dans le vide. Un bruit de cuisine qui fricassait. J'ai eu envie de crier : *Est-ce qu'il n'y a donc personne qui va décrocher ce téléphone ?*

Les parents de l'Américaine s'étaient mis à la recherche d'une maison sur place, ils avaient donc été mis au courant bien avant nous, et les statuts de la société étaient déposés. *Mais il faut des papiers pour s'établir là-bas, ce n'est pas comme ici, c'est compliqué tu sais.* Le fils a expliqué qu'il obtiendrait la double nationalité, c'était maintenant une question de semaines, il avait entrepris les démarches auprès de l'ambassade.

L'eau a cessé de couler dans la salle de bains.

Le Fils a esquissé un mouvement pour se relever.

– *Je vais faire réchauffer le déjeuner.*

– *C'est pour quand ?*

Le Fils a pris un air blagueur.

– *On pourra passer à table vers une heure.*

Bernard s'est renfrogné.

– *Non, mais sérieux. Je te parle sérieusement là !*

– *Novembre.*

– *Dans cinq mois.*

Le Fils est resté en arrêt, le corps en appui sur une jambe. Il est resté comme ça, suspendu entre deux mouvements, puis il s'est laissé retomber dans le fauteuil.

– *Tu aurais pu nous en parler plus tôt.*

– *Je vous en parle aujourd'hui. Avant, c'était juste une idée.*

– *Cinq mois, ça ne nous laisse pas beaucoup le temps de nous revoir. Tu n'habites pas la porte à côté.*

Je ne sais pas pourquoi il m'est venu cette phrase, dont je m'aperçois du ridicule :

– *Ton père n'a même pas eu le temps de finir ta chambre à la maison, il reste encore les peintures à faire.*

Cette fois, il s'est levé et a disparu dans la cuisine. En chemin, il a croisé l'Américaine qui sortait de la salle de bains, vêtue d'une robe légère. Il lui a murmuré quelques mots, elle a hoché la tête.

Nous sommes passés à table. J'ai peu mangé. Le Fils a fini les assiettes. Ses mâchoires pulvérisaient les aliments.

J'ai pensé : *Lundi, je pourrai dire au bureau : j'ai un fils qui part créer son entreprise aux États-Unis.*

J'ai observé les meubles en quantité rare, achetés dans une grande surface du mobilier, l'ordinateur resté allumé, des étagères qui croulaient sous les livres. J'ai pensé : *Tous ces dimanches où nous sommes allés le voir, il avait ce projet en tête et il ne nous en a rien dit. Non seulement il l'avait en tête mais il l'avait réglé dans les moindres détails. Le temps que je croyais que nous vivions ensemble, il n'était déjà plus là. Je prononçais des phrases, je faisais ce qu'on me disait de faire, je croyais à cette histoire et elle était finie.*

L'Américaine a fini d'empiler les assiettes. J'ai rejoint le Fils pour préparer le café. Il a dit : *Nous n'avons jamais parlé de ce qui s'est passé il y a quatre ans.* Il s'exprimait d'une voix très douce, presque un chuchotement, les yeux baissés vers les tasses. J'ai haussé les épaules. *Il n'y aurait rien à dire, rien d'utile. Juste du bavardage.*

1998

Le magasin de photographie de Chantal était situé dans le quartier du théâtre et de la cathédrale. Chantal avait cinquante ans. Elle avait le cheveu noir et s'y glissaient des reflets bleutés quand le soleil s'y mettait. J'ai frappé à la porte vitrée, elle est venue m'ouvrir. Nous nous sommes embrassées. Elle m'a fait visiter le magasin, l'arrière-boutique, les appartements vides aux étages qui sentaient la peinture et la colle. Par les fenêtres, on apercevait la craie du coteau de l'autre côté du fleuve.

– *Tu comprends, le magasin de la vallée ne suffisait plus. Maintenant, nous sommes en ville, il y a la clientèle, cela va aller mieux.*

– *Vous ouvrez quand ?*

– *Le mois prochain. Jean-Marc a tout calculé. C'est précis, il a une vision, tu comprends ?*

– *Tu n'as jamais regretté d'avoir quitté la compagnie d'assurances où tu travaillais ?*

– *Ça fait longtemps tout ça. Vingt-cinq ans. Tu sais quoi, au contraire. C'est drôle à dire mais j'ai l'impression d'arriver au bout d'un long voyage commencé le jour où Jean-Marc m'a persuadée. Le jour où il m'a dit qu'il fallait quitter notre travail dans cette compagnie d'assurances pour nous mettre à notre compte.*

Elle a préparé du café. La cafetière était posée en équilibre sur une table de camping. Nous nous sommes attablées devant des gobelets en plastique et un paquet de serviettes en papier.

J'observais ses cils trop maquillés, le mascara en accentuait la courbe et ils en paraissaient plus longs, ce qui lui creusait le regard, mais un amas s'agglomérait à la pointe. Cela me démangeait, tout le temps qu'elle me parlait, de porter la main à ses yeux et d'essuyer entre mes doigts le trop-plein.

Chantal a répété : *Non, ça, Jean-Marc, il a une vision.*

Enfant, Jean-Marc feuilletait le catalogue Nadar. Quand il avait fini, il recommençait page après page. Maintenant, il collectionnait les plaques de verre du siècle passé. Des inconnus lui en confiaient, le sachant amateur, des vues anonymes réchappées par hasard de l'oubli. Il les posait sur un tableau lumineux pour les éclairer par en dessous et il s'émerveillait : *On voit dedans la vie qui bouge.*

Deux ans plus tard, quand elle m'a demandé d'entreposer ses meubles chez moi pour échapper à la saisie, Chantal a pleuré. Avec le maquillage, les larmes ont tracé sur les joues deux rigoles couleur goudron. Elle pleurait de l'encre.

À la sortie du magasin, au lieu de tourner sur ma droite pour revenir à la voiture, j'ai pris en direction des quais. Le pont de fil au loin traçait un trait de crayon au-dessus du fleuve. Parvenue rive gauche, j'ai observé les villas sur le coteau en face.

Il paraît que les habitants ont appris à lire le temps qu'il fait ou qu'il va faire rien qu'en observant l'aspect de l'eau depuis leurs fenêtres. À la puissance du mouvement qui l'anime, selon aussi que la surface est lisse ou ridée, mais surtout parce que le fleuve est si large que le ciel s'y reflète tout entier. Il suffit de regarder au pied de son jardin et le ciel est là, dans son immensité, dont les teintes et l'agitation trahissent s'il va pleuvoir ou si l'on va pouvoir offrir son visage au soleil.

Autrefois, les rues du quartier ne portaient pas de numéro et l'habitude s'était prise pour faciliter la distribution du courrier, de baptiser les maisons d'un nom de fleur ou d'oiseau. Par la suite, peut-être parce qu'était épuisé le dictionnaire de la faune et de la flore, sans doute aussi pour se faire plaisir, on est passé à des sobriquets plus fantaisistes, choisis pour leur mystère ou la puissance poétique qu'on leur prêtait. *Mont-Rose, Villa la Brise, Roche-Creuse, Point du Jour* car celle-ci le soleil se levait dans l'axe de ses fenêtres, ou *Copacabana* car ses propriétaires avaient vécu là-bas il y avait bien longtemps, c'était avant la guerre.

Ils sont partis un jour, on ne les a pas revus, entre l'hiver et le printemps 1944, et chacun a préféré croire qu'ils étaient retournés sans prévenir vivre le long de la plus grande plage du monde.

1997

Quand je suis entrée chez le médecin, j'ai cru un instant que quelqu'un m'avait suivie le long du trajet. C'était un homme, un pas d'homme à coup sûr, une femme ne martelait pas le trottoir avec une telle puissance. Un souffle d'homme aussi, je l'avais senti de suffisamment près. J'avais même cru deviner l'ombre d'un chapeau. Mais qui portait encore un chapeau de nos jours ?

Quand au moment de pousser la porte j'ai osé faire demi-tour, il n'y avait plus personne. Personne d'autre que la foule d'une fin d'après-midi, des étudiants descendus d'un bus, riant et se serrant fort, les cheveux balayaient les visages, se mêlant aux écharpes et foulards.

J'ai dit au médecin que je venais le voir pour la dernière fois.

– *Vous avez tort même si je ne peux pas vous obliger.*

– *Je viens toutes les semaines depuis un an et cela ne sert à rien. Ou à pas grand-chose.*

Il a allumé la lampe de bureau. Étrangement, la lumière, vive mais concentrée sur un point unique, a plongé le reste du cabinet dans une obscurité impénétrable.

– *Rappelez-vous comme vous alliez il y a un an, ce que vous ressentiez. Est-ce que vous n'alliez pas plus mal qu'aujourd'hui ? Et je ne parle pas d'il y a deux ans.*

Il m'a scruté par-dessus ses lunettes.

– *Réfléchissez bien. Faites un effort de mémoire. Revoyez-vous telle que vous étiez, pas le souvenir que vous croyez en avoir, mais telle que vous étiez vraiment.*

Il avait près de lui mon dossier et je ne doutais pas qu'à tout instant, si ma mémoire défaillait, ou si je ne voulais pas me donner la peine, il n'aurait aucun mal à me la rafraîchir : les médecins m'avaient décortiquée comme on dépiaute un animal avec des pincettes pour exposer ses nerfs et ses organes. Ligne après ligne, cases cochées, tout était consigné, pas un blanc, rien ne manquait. Il devait même y avoir quelques tampons et des formules du genre : *Lu et approuvé...* Des formules inventées spécialement pour faire peur, on ne peut pas se défaire d'une légère appréhension en apposant son nom, parce qu'on sent qu'aucun retour en arrière n'est permis. Et puisque ces documents étaient officiels, ils étaient plus vrais que ma vraie vie. J'aurais beau démentir, biaiser, on me ressortirait cette liasse pour me dire : *Voyez, c'est écrit, vous ne pouvez pas nier.*

J'ai eu envie de dire : *Un peu plus mal, un peu moins mal, ça ne change pas grand-chose à la performance* mais je me suis tue et j'ai fixé le cercle de lumière sur le sous-main du bureau, une surface de cuir granuleuse couleur chocolat.

– *Justement, puisque je vais mieux, on peut arrêter.*

Je savais que l'argument ne le satisferait pas mais je voulais lui montrer ma détermination. Il devait comprendre qu'il ne m'aurait pas comme ça.

– *Nous avons beaucoup de travail encore à faire ensemble.*

– *Si j'arrête de vous voir, j'oublierai la maladie.*

Il a ôté ses lunettes et les a balancées par la branche entre deux doigts. Ses mains entraient et sortaient du faisceau lumineux projeté par la lampe. Il a prononcé une phrase compliquée dont le sens m'a échappé. Les mots qu'il employait, je les comprenais mais pas la phrase elle-même.

À la sortie du cabinet médical, j'ai fredonné *Les Marionnettes*. Le samedi précédent, quand j'étais rentrée à L., j'avais trouvé le disque sur la table du salon. J'avais demandé à Bernard ce qu'il faisait là.

– *C'est à moi.*

– *Tu écoutes les chansons de Christophe, toi ?*

Il avait rangé le disque en silence dans sa pochette et la pochette dans le placard sous la télévision, avec un soin méticuleux, sans me regarder. Puis il avait fini par dire : *Depuis toujours. Surtout* Les Marionnettes.

Il écoutait le disque la semaine en mon absence. À cet instant, il m'avait fait penser à un adolescent surpris par ses parents dans sa chambre, occupé à danser devant un miroir.

Cette année-là, Bernard a cessé de travailler. Il avait cinquante-cinq ans. L'industriel des plats cuisinés qui l'employait depuis plus de vingt ans, avait été racheté par un groupe britannique. Quand on lui a proposé une forte somme, il a accepté sans hésiter, il était fatigué. Il se sentait *comme un cheval qui boite*, m'avait-il dit un soir.

Longtemps, le travail avait été comme un jeu. Il partait le lundi matin sur les routes pour rentrer le vendredi soir. Les nuits, il les passait à l'hôtel, retrouvant chaque soir ses collègues représentants dans la salle où était servi le dîner. Ils parlaient des westerns vus à la télévision ou des Belmondo. Une vie de petit garçon se prolongeait, je l'imaginais bien : en bande, pas besoin de se gêner, ni de faire semblant, ni femme ni enfants, ni même de maison. Pareils aux cow-boys ou aux guerriers des steppes libres de toute attache, aujourd'hui ici, demain à des kilomètres. Les routes et les réfectoires d'hôtel leur servaient de cours de récréation.

Puis, l'entreprise a recruté de jeunes représentants sortis d'écoles. Jusque-là, il avait suffi de se laisser aller dans le déroulé des jours, les fiches perforées à remplir, l'odeur de neuf de la voiture, les chemises pastel ou rayées soigneusement repassées pour la semaine, les chambres des motels sur les volets desquelles se projetaient les phares des camions venant illuminer ses rêves. Mais les derniers temps, quand il montait en voiture le lundi matin, il était en proie à une impression étrange. Il se sentait perpétuellement pris en faute. Perpétuellement sommé de se justifier sans qu'il sache de quelle accusation il devait se laver. Il avait perdu le calme et la pureté d'autrefois. Avant, il se vantait d'avoir comme seul diplôme un CAP de mécanicien. Maintenant, il n'en parlait pas et quand il déclinait son titre d'inspecteur régional des ventes, il ne pouvait s'en empêcher, son regard se troublait.

Le cabinet du médecin était situé au sud de la ville, de l'autre côté du pont qui enjambait la rivière. Le quartier, avec ses gazons, sa base nautique et ses voiliers, m'a toujours fait penser à l'idée que je me fais de la Nouvelle-Angleterre. Cela doit ressembler à cela une banlieue bostonienne, des pelouses objets de soins constants, des régates, une décontraction élégante.

Parfois, je profitais de l'heure du déjeuner pour me rendre au centre nautique. Depuis le bureau, traverser le pont suffisait, et près des bassins je m'allongeais au soleil. Des jeunes venaient en cyclomoteur et presque nus, faisaient des acrobaties dans l'herbe. Ils arrivaient en troupeaux, essayaient toutes les postures, tête en bas, pieds en l'air, bras et jambes qui dessinaient les rayons d'une roue, la roue tournait à l'intérieur du soleil. Ils se défiaient à la lutte. Les garçons sont comme ça : ils ont toujours besoin de se heurter à quelque chose comme pour bien vérifier que la vie existe. Il faut qu'ils poussent en avant, qu'ils sentent une résistance. Quand ils percutent le sol de toute leur masse, on entend le choc dans les profondeurs de la terre et à l'intérieur des corps. La vie tremble en dedans.

De retour vers mon studio, je me suis arrêtée sur le pont pour contempler la prairie. Des silhouettes glissaient, solitaires, dans la clarté éteinte. Un homme courait, en short malgré la morsure du froid. Je croyais entendre son souffle et ses cuisses fumaient.

Pour les garçons, il faudrait attendre juin. Mais face à la rivière épaissie par les pluies, c'est l'image qui m'est revenue, les garçons acrobates dans leurs slips de couleur.

1996

Bernard est un bon mari. Il ne boit pas. Il n'est pas violent. Il ne dilapide pas l'argent. Il ne fait pas non plus venir à la maison ses camarades de jeunesse ou de régiment. Je suis même certaine qu'il n'a pas eu de maîtresse. De maîtresse attitrée, j'entends. Parce qu'il lui est peut-être arrivé de payer une fille pour coucher.

Cela lui aurait été si facile pourtant. Pas besoin de calculer de faux rendez-vous ni d'échafauder des scénarios compliqués quand on couche chaque soir à l'hôtel du lundi au jeudi, à des dizaines de kilomètres de chez soi.

Il aurait d'autant plus été fondé à le faire, que par le passé, le plus souvent, je me suis refusée à lui. Cela se passait sans un mot. Un geste et je comprenais son intention. Un geste en retour de ma part et il savait qu'il ne devait pas aller plus loin. Il n'a jamais insisté. Au fond, peut-être est-ce que je lui faisais peur. Il avait peur de ce que j'avais d'incontrôlable. Alors il se ravisait, repliait le bras, se glissait légèrement de côté entre les draps pour laisser de nouveau entre lui et moi une distance qui ne donne plus prise à l'équivoque.

Ce que je ne voulais pas, c'était perdre le contrôle. La première fois, peu de temps après notre rencontre au bout de la passerelle du fleuve, c'est ce qui m'a terrifiée. Écartelée, ouverte en grand, j'étais comme disséquée. Chaque fois qu'il poussait, me forçant à rouvrir les yeux que dans l'intervalle je conservais obstinément clos, je croisais son regard. Il me scrutait avec des yeux qui n'étaient pas les siens. Des yeux de fou. Des yeux de bête. Et chaque fois qu'il s'avançait plus profond, forçant le passage à l'intérieur de mon bassin, c'était comme pour dire : *Tu vas avouer ! Tu vas avouer ! Raconte ce que tu as fait !* Comment peut-on laisser faire ça, comment considérer que c'est une chose normale : laisser un autre corps entrer à l'intérieur du sien ?

Il n'empêche que malgré son absence de défauts flagrants, à cette période de ma vie, j'ai eu besoin de lui parler mal. Je veux dire à partir du milieu des années 1990. À cette époque, c'est revenu de plus en plus souvent. Cela me prenait de façon brutale, je sentais comme une bête en moi qu'il fallait que j'attrape et j'expulse, sinon elle allait me déchiqueter à coups de dents. La seule façon de la chasser était de hurler et d'utiliser des mots qui fassent mal. Que la bête parte avec les mots.

Au tournant de ces années-là, la maladie m'a rattrapée. En y réfléchissant bien, maintenant que dix années se sont écoulées, je pense pouvoir dire que la maladie a toujours été là mais elle était en veille. Elle guettait le moment propice.

Je suis descendue à trente-six kilos. J'avais mal à l'estomac et aux dents. Si ce n'avait pas été la peur de retourner à la clinique, je n'aurais rien avalé. Je n'étais pas si mal à la clinique, le personnel se montrait attentionné, je n'étais ni brimée ni maltraitée. Mais être là-bas, cela voulait dire que j'étais malade et c'était ce que je ne voulais pas. Je voulais me rendre invisible. Peu importait la souffrance, j'aurais pu supporter bien pire tant que je passais inaperçue. Surtout, que personne ne s'avance et dise : *Tu es malade*.

Bernard téléphonait le soir à son arrivée dans sa chambre d'hôtel : *Ça va ?* Je répondais : *Ça va*. Il ne cherchait pas à en savoir davantage, non par indifférence mais parce que tout cela, je crois, lui faisait un peu peur. Le Fils non plus, le temps que cela a duré, je ne lui ai rien expliqué. Il a juste su que j'étais *très fatiguée*.

À cette époque aussi, j'ai repris l'habitude de frotter mon carré de tissu. J'en avais trouvé un qui tenait dans la main pour n'être remarqué de personne, et qui lorsque je le triturais entre la paume et les doigts, glissait et grattait en même temps. C'était comme se gratter la peau quand elle pique ou s'éclaircir la gorge. En présence d'inconnus, il venait toujours un moment où quelqu'un fronçait les sourcils : *C'est quoi, ce bruit ?* Personne n'y avait prêté attention mais brusquement, les conversations restaient en suspens et on n'entendait plus que le va-et-vient de cette caresse râpeuse.

Le Fils aurait dû être ingénieur. C'est ce que je voulais. Je ne sais pas exactement en quoi consiste son travail actuel, peut-être ne s'est-il pas donné la peine de vraiment m'expliquer, ou peut-être est-ce moi qui n'ai pas fait d'effort, mais cela ne change rien ou si peu. Ingénieur, ça oui, ça aurait tout changé. Cela aurait voulu dire que le voyage que j'avais entrepris il y a plus de trente ans pour passer le *pont de fil*, quitter le quartier du fleuve et atteindre l'autre rive, ce voyage touchait à son but. Qu'enfin j'allais trouver le repos.

Au fond je n'ai jamais rien voulu d'autre. Gagner l'autre côté du fleuve. Devenir une femme qui a le droit de se choisir une tenue élégante pour aller au travail. Une femme qui ne s'abîme pas les mains. Et qui cesse d'avoir peur. Si j'avais eu cela dès le départ, cela m'aurait laissé le temps d'être amoureuse et d'aimer la vie dans ce qu'elle a de léger et sans importance. Oui, il m'aurait fallu une vie pour aimer l'amour, une autre pour être une vraie mère, une troisième pour le plaisir de n'en faire qu'à ma tête. Mais avant d'en arriver là, le chemin a été trop long. Ma vie entière y est passée.

Je revois papa assis à la table de la salle à manger familiale dans la maison du quartier du fleuve. Il travaillait à la gare au service bagages et pour compléter sa retraite, il livrait des journaux. Parce qu'il se levait à l'aube, nous devions nous interdire tout bruit le soir qui aurait risqué de le déranger, si bien qu'à force, le silence était devenu entre nous une seconde nature. Nous nous y conformions sans plus y réfléchir. Se taire allait de soi.

Papa portait un carré de poils taillé net sous le nez. En toute saison, il sortait en pardessus, l'air égaré dans l'époque. Il était né en 1900 mais son époque à lui était encore antérieure. Car notre époque à chacun de nous ne se limite pas au monde tel qu'il est à l'instant où nous naissons, c'est aussi celui qui l'a immédiatement précédé et que se racontent les adultes à table le dimanche quand nous sommes enfants. L'époque de papa, c'était 1900 mais aussi la guerre de 1870, Gambetta s'envolant en ballon pour sauver la France contre les *uhlans*, les Parisiens forcés de manger les éléphants du

Jardin des plantes. Et il est mort le jour où Brian Jones s'est noyé dans sa piscine.

Je ne sais pas quoi dire de lui. Il m'a prodigué son amour comme les animaux à leur petit, sans savoir vraiment qui j'étais.

1995

Les jours qui ont précédé l'internement, je me suis fait l'impression de glisser hors de moi-même. Il restait ma chair, mes os, mais à l'intérieur, plus rien qui résiste au toucher. L'enveloppe s'était vidée de ce qu'elle enfermait, et maintenant, toute dégonflée, elle pendait, informe et pleine de plis.

Tellement je tremblais, j'avais l'impression de me retrouver nue au milieu de la neige. Le froid me transperçait le ventre. Mes dents claquaient. La douleur remontait dans les yeux. Depuis combien de jours ?

Bernard s'est montré si gentil. Il ne l'avait pas été à ce point depuis le jour où il m'était apparu dans sa tenue d'aviateur, quand à nos pieds roulait la peau verte et sombre du fleuve, les piles de la passerelle fendant l'épaisseur des flots, et qu'il affichait une telle insouciance. La vie, à le voir, allait venir d'elle-même.

Je lui ai demandé d'expliquer au Fils que j'avais simplement besoin de repos : *Dis-lui que je suis fatiguée, que c'est à cause du travail.* Le Fils n'a pas cherché à en savoir davantage.

J'ai de nouveau posé la question : combien de temps allais-je rester ? Sans obtenir de vraie réponse. Des mots, oui, mais les phrases étaient comme du sable. Mouvantes au point qu'il était impossible de prendre appui dessus.

Solange est venue. Elle était la seule dont j'avais réellement besoin. La seule capable de faire quelque chose. Je l'ai suppliée de me ramener chez elle. J'ai promis d'être raisonnable.

– *Je me nourrirai normalement, je prendrai soin de moi, si tu ne me crois pas, tu seras là pour me surveiller, et je me coucherai tôt. Emmène-moi ! Solange !*

Elle a ouvert la bouche mais je n'ai rien entendu. La bouche articulait mais aucun son n'en sortait. J'ai agrippé sa jupe.

– *Je ferai ce qu'il faut, dis-moi ce qu'il faut faire !*

Le mari de Solange, en retrait, a tendu les mains vers moi sans m'atteindre. Comme s'il prodiguait des caresses à distance, modelant mon visage dans l'air du bout des doigts.

Je n'étais pas malade, j'étais la maladie. Elle et moi ne faisions qu'un. Elle avait toujours été là, et si elle avait évolué, c'était comme les traits du visage, les détails se modifiaient mais le visage restait le même dans ce qu'il avait d'essentiel.

J'étais la maladie. J'ai essayé de le dire aux médecins. S'ils la combattaient, c'était contre moi qu'ils luttaient. Ils ne s'en rendaient pas compte mais leurs traitements n'auraient d'autre effet que de m'éliminer. J'allais partir avec elle.

Il fallait que je dorme. J'allais dormir et au réveil j'aurais de l'appétit, je sortirais manger et rire. J'irais voir la Cousine aux paupières peintes pour parler de tout et de rien, comme autrefois sur son lit, porte-fenêtre ouverte sur le jardin au cerisier, pendant que de l'électrophone s'échappait la voix de Julien Clerc : *Yann avait un navire et n'avait pas seize ans. N'est pas pirate qui veut sur la grande mer du Nord.*

J'allais me réveiller et sourire aux médecins. Si je leur souriais, ils ne pourraient plus rien contre moi. Il suffisait que je décide que j'étais guérie. Ce n'était pas comme une fracture, une infection ou une artère qui s'obstruait. Pour en finir, montrer que tout allait bien suffisait.

Tout à l'heure, le médecin allait pousser la porte et j'allais lui lancer un *bonjour* tonitruant.

Je revois maman mais je ne l'entends pas. Si je me la représente, c'est muette, et le regard comme un coup de semonce. Le silence s'est installé en elle au point de faire le vide. Est-ce à cause de la sœur morte ? On n'a plus le choix, quand on a commencé à se taire, impossible de revenir en arrière : comme une porte qu'on a refermée sur soi et dont la clé s'est perdue. L'amour qu'on n'a pas dit, pour lui aussi il est trop tard. L'amour, ça ne s'épargne pas, ça ne se met pas de côté pour l'avenir, s'il n'est pas dit tout de suite, il se perd.

Papa quand il partait à vélo dans la nuit livrer le journal, glissait un exemplaire dans la boîte aux lettres de la maison comme chez n'importe quel abonné. Un bruit comme une caresse. Je ferme les yeux et je vois le geste se répéter, se répéter encore, une nouvelle fois la main s'approche et c'est la main du père. Je me retourne dans le lit. La radio est allumée. Je sens un souffle le long de mon cou. Le souffle se précipite. Je crie, je me mets à courir. Je suis une femme qui court dans une rue vide. Je cours comme on se jette d'un balcon ou d'une falaise.

Une main d'une largeur démesurée se pose sur mon épaule. Je traverse la nuit comme dans un long voyage. Je pense : *C'est comme les gares le long d'une ligne de chemin de fer, le train s'arrête mais je ne descends pas. J'attends de voir où le convoi m'amène.*

Il m'amène dans le grand lit, Solange à mon côté. Des éclairs zèbrent la ville et par-dessus les toits des monstres déroulent leurs appendices couverts d'écailles. Solange me parle et me rassure. Elle déchiffre les formes cachées dans les nuages.

La clinique était installée dans une maison de maître au nord de la ville, entourée d'un parc clos par de hauts murs. Des bancs attendaient les promeneurs le long des allées. Je prenais soin, même si la température ne l'exigeait pas, d'enfiler un manteau pour sortir. De cette façon, les autres pouvaient croire à une visiteuse.

Les pensionnaires déambulaient, passaient et repassaient, l'air dégagé. On ne pouvait pas imaginer la douleur en fusion au-dedans d'eux. Ils chaussaient des lunettes noires. Des modèles assez larges pour couvrir le visage. Les femmes complétaient par un foulard. Ils expliquaient, si un proche venu leur rendre visite les interrogeait, que c'était pour se protéger des attaques du soleil. Les lunettes les faisaient ressembler à des espions. Et cela tombait bien, parce qu'ils étaient pareils aux espions : ils n'étaient pas ce qu'ils prétendaient être et ce qu'ils étaient, ils le dissimulaient. Comme pour les espions, il y allait de leur vie.

3
LES LUNETTES D'ÉCAILLE

1994

Je ne m'étais jamais fait la réflexion mais maintenant que je regarde en arrière, je vois ces quatre années, les toutes premières de la décennie 1990, pareilles à un bloc. Impossibles à disjoindre, elles sont les phalanges d'un même doigt.

Pas une seule de ces années où un élément du décor n'ait pivoté sur lui-même. Une maison, un mariage, un décès, un baptême. Les choses se sont déroulées dans cet ordre. Mais moi, j'avais besoin que tout continue comme avant.

La maladie était déjà à l'œuvre avant qu'elle se déclare, non pas nettement visible, car bien sûr sinon je me serais alarmée, et Solange aussi, cela ne lui aurait pas échappé, mais en surimpression. Une tache anodine, se fondant parmi une constellation d'autres taches semblables et bénignes. Elle était dans les mots prononcés tous les jours, dans le plus petit geste, une légère fatigue, un vague écœurement, déjà s'entrelaçaient ses fils, ce n'est rien un fil pris isolément, on le romprait sans effort, mais avant qu'on ait eu le temps de s'en apercevoir, les fils tissent entre eux un ensemble soudé impossible à déchirer.

Solange saurait me parler. Mais elle ne le fera pas, je l'ai bien vu la fois que nous étions garées devant chez elle et que je l'ai questionnée. Elle a cette force en elle, qui peut-être lui vient d'une enfance vécue durant la guerre. Une force têtue que rien n'entame. Parce qu'elle a su cela très tôt, la seule chose qui compte n'est pas d'être heureux ou malheureux, fier ou honteux, aimé ou détesté, seul compte de se maintenir en vie, et rien ne l'en détournera. Est-elle heureuse avec son mari ? Dans son lotissement ? Avec ses enfants ? Lui vient-il quelquefois une âpreté dans la bouche quand elle se souvient de la maison du quartier du fleuve ? Tout cela est secondaire. D'abord durer.

C'est pour cela qu'elle ne me répond pas si je l'interroge. Elle fera tout pour m'apaiser, elle me prodiguera des paroles rassurantes, mais pour ce qui est des réponses, il faudra que je m'en débrouille. C'est ce dont je m'aperçois ces temps-ci. Je me retrouve dans la position d'un détective qui enquête sur son propre crime. Et je n'ai pas seulement à prouver qui est coupable, il faut aussi que je découvre quel crime a été commis.

Quand le petit-fils est né en août 1994, Bernard a été heureux que ce soit un garçon. Il a pensé aux blagues idiotes qu'ils allaient partager. Il l'emmènerait sur les routes dans les collines, ils se feraient cuire des pâtes dont ils s'empiffreraient devant la télé en regardant des westerns. Ils riraient de se sentir bêtes et vautrés dans leur propre rudesse.

Moi, j'ai pensé : *Ce qui compte, c'est que l'histoire avec Bernard ait voulu dire quelque chose. Notre histoire, la jeune dactylo née dans le quartier du fleuve et le jeune aviateur qui avait une tête à jouer dans un film italien, on ne peut plus faire comme si elle n'avait pas existé. Il en est déjà résulté deux vies. Le corps du petit-fils, ce n'est pas une vue de l'esprit, une consolation comme on s'en fait en pensée. Il avale de l'air, broie de la chair, éjecte de la matière.*

Je ne sais pas pourquoi mais il me semble toujours que quelqu'un va s'avancer vers moi pendant que je suis à rire avec les collègues autour de la photocopieuse, ou à asséner des phrases catégoriques le dimanche en famille tandis que tout le monde se tait et m'écoute. Cet inconnu va s'avancer jusqu'à ce que je ne puisse plus faire semblant de ne pas le voir, et comme on le fait quand on démasque un imposteur, il va demander : *Prouve-moi que tu n'as pas tout inventé, prouve-le.*

Pour le baptême, nous avons pris la route tôt le matin afin d'arriver à la mi-journée. L'Américaine avait mis un tailleur strict, le Fils est resté en tennis et pull informe.

La ville tenait dans une cuvette creusée par un fleuve et, au beau milieu, la cathédrale dressait son éperon entre des barres d'immeubles. L'endroit sentait une odeur de cave. Il paraît qu'il existe des dizaines d'odeurs possibles de moisi, certaines se confondent avec la terre, d'autres rappellent l'alcool en train de fermenter ou la viande en décomposition. Cette pourriture-là avait des relents plus doux.

À la sortie, le ciel a viré au rouge, un rouge épais comme un sang devenu soudain trop riche. Quelqu'un a lancé : *Il faut se dépêcher*. Solange et moi marchions en tête, serrant d'une main notre manteau à la hauteur de la gorge pour nous préserver du vent. Cela nous a fait rire, un regard en coin a suffi, cette scène-là, qui n'a pas duré plus de quelques minutes, pendant lesquelles nous avons joué à faire nos folles, nos pas martelés sur le trottoir.

Tout de même, une seconde, et à cette seconde mon sourire s'est glacé, je me suis demandé si tout à l'heure, devant le petit-fils recroquevillé dans son drap, Solange avait pensé à la même chose que moi. Si elle avait revu la scène. Moi devant le Fils allongé, il y avait un peu moins de trente ans. L'été 1965, le Fils avait tout juste un an.

Je ne savais pas. Elle avait pu avoir oublié la scène. Ou bien elle ne l'avait pas oubliée mais le petit-fils dans la cathédrale, à cette seconde, ne l'y avait pas fait penser. Ou bien encore, Solange n'avait pas vu la même chose que moi ce jour-là. Parce qu'il n'y avait rien eu à voir.

J'ai aussitôt chassé l'idée de ma tête. Je ne devais pas me laisser aller sur cette pente. J'ai pressé le pas. J'ai couru en zigzag, Solange à mon côté sur notre bout de trottoir.

À l'appartement, l'Américaine a servi du faux champagne. Le prêtre était là. Je ne l'ai pas reconnu tout de suite parce qu'il avait ôté sa tenue pour enfiler un jean et un chandail. J'ai attrapé le gobelet en plastique que m'a tendu l'Américaine et un toast brioché tartiné d'œufs de lump. À part Bernard et moi, Solange et son mari, nous étions la seule famille. Les autres invités étaient les amis du Fils, la trentaine, en jeans, pull-over et baskets. Le genre qui aime les mots et se les entendre dire. Leurs phrases allaient vite et sans précaution.

Le petit-fils a fini par s'endormir dans la chambre de ses parents et alors que je passais la tête par la porte entrouverte, j'ai surpris l'Américaine et Solange penchées au-dessus de lui. L'Américaine sollicitait des conseils. *Peut-il déjà manger un peu de purée de légumes ? De pommes de terre aussi ? Je ne sais jamais s'il faut le laisser dormir autant qu'il veut l'après-midi ou s'il faut le réveiller passé une certaine heure.* Elles se souriaicnt. À moi, l'Américaine ne demandait jamais ce genre de choses. Et elle avait raison. Solange savait tout cela mieux que moi.

Et puis, peut-être Solange lui avait-elle raconté ce qu'il s'était passé. Pas par méchanceté, Solange n'était pas comme ça, mais par précaution. Pour prévenir. Alors elle lui avait dit : *Tu sais ce qu'il s'est passé un dimanche après-midi d'août 1965, dans la maison du quartier du fleuve ?*

Elle lui en avait touché mot, j'en étais certaine à cet instant. Mais elle n'avait pas dû lui dire de cette façon. Elle s'était montrée moins précise, tout en livrant suffisamment de détails pour que les mots portent et que l'Américaine en tire la leçon.

Sans doute était-ce même de cela qu'elles parlaient quand je me suis approchée et que m'apercevant, elles ont fait bifurquer la conversation dans une direction dont elles savaient que je resterais à l'écart. *Quelle température, le biberon ? Pas trop brûlant, tout de même…*

J'ai fait demi-tour, mon regard s'est porté sur le Fils debout au milieu du salon. À cause de la façon dont il s'exprimait, j'ai mis un temps à le reconnaître. Je ne savais pas d'où il sortait ce fils qui parlait cinéma et politique avec ses amis sur un ton que je ne lui connaissais pas et dont je ne le pensais pas capable.

D'un trait, j'ai vidé mon gobelet. Le faux champagne avait réchauffé. L'Américaine a sorti des gâteaux de la cuisine. Solange s'est assise, genoux serrés, mains croisées sur le devant. Par intermittence, elle relevait la tête et souriait, on aurait dit que quelqu'un venait de lui adresser la parole, mais non elle n'avait personne à qui parler autour d'elle.

Je me suis assise dans un coin du salon et m'est revenue l'odeur de cave de la cathédrale.

Des histoires de caves durant la guerre, maman et Solange s'en racontaient souvent. À commencer par celle de la maison du quartier du fleuve, dont les deux issues, côté rue et côté cour, l'avaient fait inscrire sur la liste des refuges vers lesquels courir quand la sirène se mettait à hurler.

Un soir, l'alerte passée, après qu'elle s'était vidée de sa vingtaine d'occupants, Solange avait trouvé une paire de lunettes oubliée sur un banc. Un modèle de luxe à en juger par l'écaille de la monture et ses reflets boisés, et la finesse des branches, si délicates qu'on craignait de les briser le temps qu'on les tenait entre les doigts. Personne parmi les voisins ne pouvait s'en offrir de pareilles. Il fallait qu'elles aient appartenu à un des gradés nazis surpris par l'attaque et accourus se mettre à l'abri avec les habitants. Il les aurait fait tomber de sa poche ou les aurait posées près de lui dans l'attente de la fin du raid, les oubliant dans sa hâte de ressortir.

Maman les avait ramassées sans mot dire et elles ont trôné un temps sur le buffet de la salle à manger, tel un trophée arraché à l'ennemi. La famille ne savait dire pourquoi, car les avoir trouvées et ramassées n'avait rien eu d'héroïque, mais il suffisait d'y jeter un œil pour que tout à coup, l'occupant paraisse plus vulnérable qu'il ne l'avait laissé croire. Car après tout, cette délicatesse dans la finition de la monture trahissait un goût immodéré du confort qui n'allait pas avec la brutalité spartiate dont faisait montre l'ennemi pour imposer son règne. Le confort à ce degré confinait à la mollesse. Oui, c'était cela, à les observer, ces lunettes révélaient un goût exagérément sensible pour la tendresse et la douceur. On aurait davantage imaginé celui qui les portait en train d'écouter un concerto pour piano qu'écumer les champs de bataille.

Et puis, une paire de lunettes n'était rien d'autre qu'une prothèse. Ainsi, les surhommes qu'ils étaient, les guerriers farouches dans la fleur de la virilité, s'avéraient sujets à la myopie ou la presbytie comme n'importe quel petit commis d'écriture à la poitrine creuse et au regard torve usé par sa vie de papier. Eux aussi comptaient leurs infirmes.

Maman a fini par les ranger de peur qu'un passant depuis la rue les aperçoive par la fenêtre, ou tout simplement parce qu'elles dévoilaient une intimité trop gênante, comme si on avait laissé traîner dans cette pièce où l'on passait le plus clair de la journée, le sous-vêtement d'un inconnu.

Il y avait peu de chance à vrai dire que quelqu'un les repère, il aurait fallu s'arrêter et coller son visage à la vitre, des rideaux filtraient la lumière. Mais l'époque n'était pas à se rassurer d'un rien.

Personne par la suite n'a su ce qu'elles sont devenues. Au point que nous avons fini par douter de leur existence. Peut-être avait-on confondu avec une histoire racontée par quelqu'un. Des histoires, il y en avait eu tellement. Elles se répétaient sans que jamais l'auditoire se lasse. Les drapeaux frappés de la croix gammée hissés sur les toits des hôtels Métropole ou L'Univers. Maman qui une nuit avait couru d'une fenêtre à l'autre pour les refermer chaque fois qu'éclatait une bombe soufflante. La nuit prenait feu. Le ciel craquait. Cheveux au vent tandis que s'enroulaient les flammes, elle courait, chemise de nuit remontée jusqu'aux cuisses, avec des hurlements de bête affolée surprise dans sa tanière, tandis que papa criait pour qu'elle lâche les fenêtres et descende à la cave.

Il y avait aussi la jeune fille du quartier qui vivait seule et que maman avait proposé d'héberger puisqu'une chambre était libre, cela serait plus pratique en cas de bombardement que de courir en pleine rue pour filer à la cave. C'était curieux, cela ne ressemblait pas à maman, cette générosité, non pas qu'elle n'aimât pas les autres, mais pas au point de se donner la peine.

Deux mois plus tard, la jeune fille avait eu cette phrase, passant la porte sa valise à la main après que maman l'avait chassée parce qu'elle avait vomi dans les toilettes après une nuit de fête au Métropole : *Vous savez, si je voulais, je pourrais vous faire pleurer des larmes de sang*. Je ne sais pas où elle avait pris une phrase pareille mais maman a tout de suite compris à quoi elle faisait allusion. L'un de nos cousins était parti pour le maquis afin d'échapper au STO et la jeune fille en avait été témoin.

Quand Solange et maman se racontaient l'histoire, cette phrase me glaçait : *Je pourrais vous faire pleurer des larmes de sang* et je me la répétais pour me faire peur. Mais si j'avais dû me représenter à l'époque, c'était dans le rôle de la jeune fille et dans aucun autre, je me trouvais avec elle un vague cousinage. Oui, un fil invisible m'unissait à cette petite paysanne qui aimait s'enduire les lèvres d'une belle couche de rouge et dans les palaces sentir sous ses pieds l'épaisseur des tapis, qu'importait si la fête se faisait avec l'occupant. À quelques mois près, c'étaient les G.I. qui l'auraient fait danser, elle aurait été l'une des reines de la liesse, l'un de ces visages extatiques qu'on voit sur les photos de l'été 1944 qui à eux seuls semblent incarner la France, et elle aurait porté ce bonheur avec elle toute sa vie.

À l'instant où maman lui avait rappelé qui elle était vraiment, les seuls mots qui lui étaient venus avaient été une réplique de mauvais théâtre. Elle n'a jamais mis sa menace à exécution. Du moins personne à la maison n'a-t-il eu à en subir les conséquences. Elle a disparu avec des milliers d'autres sous les pieds desquels une trappe s'est ouverte dans les mois entre le Débarquement et la libération de la ville.

Les lunettes, longtemps après qu'elles ont disparu au point que plus personne n'était capable de dire si maman les avait jetées un jour de grand ménage, moi, je les voyais. Je n'en parlais à personne mais je les savais là. Cerclés d'écaille, les deux verres me fixaient. J'avais beau me déplacer d'une pièce à l'autre, ils restaient braqués dans ma direction et ce regard échappé à la nuit se montrait suffisamment puissant pour que je sente l'homme avancer la main. Je sentais l'effet que produisaient au toucher ses gants de peau sur mon épaule, et une odeur suffocante d'eau de Cologne. Une odeur de peau d'homme, j'en avais plein le nez.

1993

Le jour où je l'ai vue morte, j'ai deviné quel visage aurait eu maman si elle avait été heureuse. Heureuse, je ne sais pas si c'est le mot, peut-être l'a-t-elle été autant qu'elle pouvait l'être et c'est déjà beaucoup, mais pour la première fois je lui ai vu le visage de quelqu'un qui n'était pas aux aguets.

Dans une clarté de néon, couchée au milieu des fleurs sur un tapis de dentelle, en blanc de la tête aux pieds, elle avait l'air d'une mariée qu'on aurait empaillée le jour de ses noces et qui serait restée tout ce temps à attendre je ne savais quoi.

Jean-Philippe a pris son frère Guillaume par la main : *Allons la voir*. Il a parlé d'une voix douce et j'ai eu l'impression que cette douceur ne s'adressait pas à son frère. Il s'exprimait comme on le fait quand on parle à une bête dangereuse endormie, dont on ne sait pas si elle ne va pas se réveiller en sursaut et se jeter sur vous.

Ils se sont approchés. Guillaume, j'ai vu quelque chose se tordre en lui et ses épaules se sont agitées d'un tremblement mécanique. Je ne l'ai pas entendu pleurer, il n'a pas laissé échapper une plainte mais Solange, l'apercevant, a écarquillé les yeux et a dit à ses fils d'une voix calme : *Ne restez pas là.*

Elle ne voulait pas hausser la voix en ces circonstances, alors pour compenser, elle a répété la phrase sans marquer de pause entre les deux : *Ne restez pas là ne restez pas là.*

Une messe a été dite à l'église du quartier du fleuve. Les voisines et amies de maman nous ont parlé à Solange et à moi comme si nous étions restées les enfants qu'elles avaient connues, d'une voix fade et affectée. *Votre pauvre maman, mais elle n'a pas souffert.* Des femmes modestes dans leurs habits soignés, perdues sur leur bout de trottoir. Le genre à paraître en permanence effaré et on peut les comprendre. La vie les avait dépassées. Elles ne pouvaient pas se représenter à l'avance une telle déferlante de jouissances et de terreurs, ce n'était pas possible, ces coups répétés, ce déchaînement avec une telle puissance, à se mordre les lèvres, à s'enfoncer les ongles sous la peau. On le leur avait bien dit, elles l'avaient entendu dans les conversations entre adultes quand elles étaient petites, mais elles n'y croyaient pas et maintenant, elles étaient incapables d'autre chose que d'afficher un air hagard. L'air d'attendre que quelqu'un leur explique ce qui se passait. Elles me prenaient la main ou celle de Solange : *Ma pauvre, ma pauvre.*

Quand nous sommes ressortis de l'église, une lumière blanche se répandait sur le fleuve. Les gens ont repris leurs voitures pour gagner le cimetière. La route passait devant d'anciens jardins à l'emplacement desquels avaient été construites des maisons sorties de terre sans lien logique entre elles, une éruption incontrôlée. Des lopins s'intercalaient qui n'étaient plus entretenus et faute de taille, des fruitiers ployaient sous le poids de leurs branches. Dans cette partie de la ville, papa avait son jardin, nous y montions l'été à pied depuis la maison pour y passer la journée, à l'ombre d'une vigne vierge qui nous dissimulait au regard. Nous y restions pareilles à des bêtes dans leur trou pour redescendre à la nuit.

Nous sommes allées ranger la maison. Solange a ouvert les volets de la chambre. La fenêtre donnait sur la cour de l'immeuble. Sur un buffet était posée une photo de Solange et Michèle, une Solange presque adolescente et une Michèle déjà adulte. Michèle avait vingt ans quand elle est morte.

Nous avons vidé les tiroirs, ceux de la table de chevet étaient remplis de médicaments périmés. Nous avons cherché les lunettes cerclées d'écaille. J'en avais parlé à Solange la veille. Je ne les avais jamais vues mais je lui avais dit : *Toi, tu sauras les reconnaître.*

Nous avons inspecté tiroirs et placards, sans résultat. J'ai insisté : *Maman a bien dû les ranger quelque part. Dans une boîte, un tiroir.*

Solange a continué à fouiller mais j'ai vu qu'elle y mettait de la mauvaise volonté.

J'ai répété : *Fais un effort, essaie de te souvenir, elle les avait mises où après les avoir enlevées du buffet ?*

Elle a fini par s'agacer : *Mais c'était il y a cinquante ans, depuis il s'est passé tellement de choses, comment veux-tu que je sache ? Nous n'en avons jamais reparlé. Maman a dû les jeter. Et puis, ça servira à quoi ? Tu veux en faire quoi de ces lunettes ?*

Elle a soulevé des piles de draps, enfoncé la main dans des poches de manteaux suspendus à des cintres. Elle a dit : *On ferait mieux de trier le linge.*

J'ai examiné les manteaux, les jupes, les blouses à motifs ou à petits carreaux, dans des tons taupe, bleu cobalt, gris métal. Solange a rangé de son côté. Puis après plusieurs minutes où nous sommes restées silencieuses, elle s'est tournée vivement pour me regarder faire :

– *Qu'est-ce que tu fais encore ? Qu'est-ce que tu cherches ? Tu ferais mieux de m'aider.*

J'ai répondu : *rien* et j'ai continué à vider la commode. Sans faire attention, j'ai posé la main sur une paire de bas nylon et je l'ai retirée aussitôt, prise d'un léger tremblement. La mollesse et la douceur au toucher m'ont mise mal à l'aise, la matière avait quelque chose d'électrique et visqueux. J'ai refermé le tiroir en le claquant.

– *Je vois bien que tu cherches encore ces lunettes.*

J'ai haussé les épaules sans répondre et Solange a dépendu des cintres les vêtements un à un. J'ai pensé : *Tu sais très bien ce que je cherche. Tu le sais parfaitement.*

1992

Je me souviens que ce jour-là, j'ai guetté depuis ma fenêtre de chambre. La route à cette distance restait dissimulée derrière les arbres et les toits des voitures étaient les seuls points mobiles dans l'immensité. Des milliers d'insectes crissaient. D'abord contenu dans les profondeurs des champs, le crissement montait lentement avec les minutes. Cela allait durer une heure, peut-être deux, après quoi le coteau allait se figer, écrasé de soleil, le pays allait se taire et le ciel se craqueler comme un verre sous la flamme.

J'ai suivi les voitures du regard. Elles ont ralenti à l'approche de la maison avant de bifurquer et que je les perde de vue dans le virage. La route du sud, par laquelle elles étaient venues, traversait un fond de vallées fermé par des bois.

Je me suis récité la liste des détails à ne pas oublier. Le traiteur à treize heures. Les cadeaux. Qui s'assiérait à la table des mariés. Veiller à ce que maman ne se retrouve pas en plein soleil lorsqu'il aurait tourné, mais qu'elle n'attrape pas froid le temps qu'elle resterait à l'ombre.

Le Fils n'avait pas donné de précisions sur la famille de l'Américaine et je n'avais rien demandé. L'Américaine et lui s'étaient connus à l'université, il ne m'en avait guère dit plus. Me parler le fatiguait. Il avait toujours l'air de penser au moment de me dire quelque chose, que ça n'en valait pas la peine.

J'ai rangé les derniers objets qui traînaient, la télécommande du téléviseur, une facture d'électricité reçue la veille, j'ai tapoté les coussins du canapé. Les voitures ont surgi dans un tournant, longeant le jardin en contrebas. Les pneus crissaient. Des voix se sont élevées. On s'interpellait. Des portières ont claqué, des coffres. *On peut se garer où ? On laisse la voiture là ? Tu crois qu'elle restera à l'ombre ? Avec la chaleur qu'il fait !*

Bernard a prévenu qu'il fallait laisser le passage à ceux qui allaient arriver. Il s'exprimait avec entrain. J'ai reconnu la voix rauque de la Cousine aux paupières peintes.

– *Cela fait combien de temps que vous habitez là, déjà ?*

– *Depuis l'année dernière. En novembre.*

– *Je suis passée devant votre ancienne maison cette semaine. Les propriétaires ont fait tailler les haies. Cela m'a fait bizarre.*

– *Comment ça ?*

– *De penser que d'autres habitent là. Depuis le temps, c'était un peu comme si c'était chez moi. On a passé tant de bons moments. Combien de temps déjà ?*

– *C'est simple, on a habité là vingt ans.*

Le Fils et l'Américaine ont rejoint les invités. On se bousculait en riant. Quelqu'un avait oublié un sac dans une voiture. *Attends, attends*. On forçait la joie qu'il y avait à se revoir, à se retrouver ensemble dans la chaleur d'août. L'air épaississait. On demandait qui devait venir avec qui, vers quelle heure, ils étaient une dizaine maintenant dans l'allée et sur l'esplanade entre les deux ailes de la maison.

Je me suis postée devant un bouquet de fleurs et j'ai entrepris de l'arranger. J'ai fait bouffer les corolles, les tapotant du bout des doigts.

La veille, je m'étais allongée dans ma chambre, bras en croix, yeux au plafond. La vie était comme tenue à distance, sa sauvagerie et sa beauté derrière les volets mi-clos. La lumière qui flambait, les armées d'insectes à l'assaut des collines, l'arbre qui se tordait de douleur au soleil, tout cela j'en étais protégée par une vitre invisible.

Quand le Fils nous a annoncé son mariage, nous lui avons dit, Bernard et moi, à quel point nous étions heureux, puis Bernard a ajouté : *Il n'y a pas besoin de se précipiter*. Le Fils a répondu que l'Américaine et lui se connaissaient depuis maintenant deux ans.

J'ai répondu : *Nous voulons juste dire, ton père et moi, que tu ne dois pas te sentir obligé de le faire. À vingt-huit ans…*

Le Fils conservait le regard baissé comme s'il fixait un point au sol.

Il a laissé passer un temps, puis il a hoché lentement la tête, comme on le fait quand on se rend compte d'une vérité que jusque-là, on n'avait pas mesurée : *Quand vous vous êtes mariés, vous vous connaissiez depuis quelques mois à peine.*

Bernard s'est mis en colère : *Qu'est-ce que nous avons à voir là-dedans, ta mère et moi ? Ce n'est pas de nous dont je te parle, laisse tout cela tranquille.*

L'expression m'a figée : *tout cela*. Je ne sais pas trop ce qu'il englobait dans cette formule, ou plutôt je le savais très bien. Je n'ai rien dit mais j'ai pensé : *Le Fils pense que Bernard et moi, notre rencontre aurait dû être l'histoire d'une nuit, pas davantage.* C'était bien cela, et au fond Bernard venait de dire la même chose. Cela faisait trente ans que lui et moi contre toute logique nous nous acharnions à prolonger une histoire dont la durée de vie n'aurait pas dû excéder une poignée d'heures.

J'ai rempli le vase au robinet de la cuisine. Maintenant, c'était la voix de Solange. Elle et son mari venaient d'arriver. Les neveux devaient être là. Une voix m'a hélée, la voix de Solange.

– *Je suis là.*

– *Là ?*

– *Là dans la cuisine.*

Je me tenais penchée au-dessus de l'évier. Quelqu'un est entré dans la pièce.

J'ai senti une ombre dans mon dos.

Je me suis retournée, mon regard est tombé sur le cousin qui ressemblait à Marlon Brando. Celui qui à l'âge de huit ans, un été, m'avait regardée comme on regarde une femme.

Il se tenait tout contre moi, nos poitrines sur le point de se toucher.

J'ai prononcé son nom ou plutôt son nom m'a échappé. Il est parti tout seul du fond de ma gorge. Quand j'ai pensé à le retenir, quand je me suis dit : *Ce n'est pas comme ça qu'on dit bonjour, tu vas passer pour une folle, ça ne se fait pas,* il était trop tard.

La voix a heurté la dernière syllabe du prénom et y est restée accrochée.

Il m'a serrée dans ses bras, pas plus d'une seconde. J'ai fait demi-tour sur moi-même, les yeux baissés sur les fleurs que je me suis mise à triturer. Il s'est éloigné pour saluer Bernard apparu dans le couloir.

Je n'avais vu que ses yeux. Je n'aurais même pas su dire à quoi il ressemblait maintenant. Sans doute avait-il la quarantaine. J'avais quinze ans et lui huit quand nous avions fait halte chez ses parents, lors du voyage de noces de Solange.

Il a quitté la cuisine et il a disparu sans que j'aie eu le temps de rien dire, comme si les années que nous étions restés sans nous voir, l'avaient repris à jamais.

De nouvelles voitures sont arrivées. Guillaume embrassait l'Américaine. Jean-Philippe était là avec son épouse. Nous allions passer à table.

Maman ne voulait pas venir au mariage. Il avait fallu que j'insiste. L'avant-veille, elle m'avait téléphoné au bureau : *Je ne peux pas venir, le médecin sort de chez moi, je ne me sens pas bien, c'est trop d'effort*. J'étais allée la voir dans sa maison du quartier du fleuve, elle était alitée. *Tu ne peux pas ne pas venir au mariage de Jean-Michel, tout de même. Le mariage de ton petit-fils*. Elle s'était contentée de fixer le mur face au lit, lèvres serrées, penchant la tête par intermittence comme si elle cherchait à suivre sur la cloison l'action d'un film qui y était projeté et que mes paroles l'en empêchaient.

J'allais revenir à la charge, le temps de faire la route j'avais préparé mon arsenal d'arguments, devançant les objections qu'elle n'allait pas manquer de m'opposer, quand brusquement elle s'était redressée, dos calé contre l'oreiller. *Alors, il faut que tu me coiffes.*

Je n'avais pas posé de questions. Je crois même n'avoir rien laissé paraître de ma surprise. J'avais farfouillé dans le tiroir de la table de chevet à la recherche d'une brosse et en douceur, en prenant garde à ce que les mèches ne s'y accrochent pas, j'avais démêlé la chevelure, assise d'un côté du lit puis de l'autre, relevant d'une main les boucles. Dans le silence de la chambre, on n'entendait rien d'autre que le bruit de l'ustensile, un glissement soyeux, et la chevelure soudain m'avait paru vivante. Au passage des crins, elle se détendait comme un corps animal sous la caresse d'une main.

Le temps que cela avait duré, maman était restée sans rien dire, l'œil rivé au mur, pareille à une idole que les fidèles apprêtaient pour une cérémonie sacrée. Quand j'en avais eu fini, elle avait rompu le silence. Elle avait dit avec l'air de quelqu'un qui fait une proclamation sur une place publique : *Je vous préviens tous, je sors de chez moi pour la dernière fois, la dernière*. Le pire est qu'elle disait vrai.

Les cousins riaient. Ils étaient là pour ça, s'emporter, hurler au soleil tandis que la terre grésillait et qu'un parfum de poussière soufflait au ras du coteau. Depuis des heures, il n'était plus passé de voiture. Dans l'immensité des collines, nous pouvions nous croire seuls au monde. Les bouteilles passaient de main en main. Guillaume a montré son Alfa, il a fait monter dedans les cousins. Bernard s'est impatienté : *Revenez à table, on va servir la suite*. Les bouches ne désemplissaient pas. Les mâchoires craquaient.

J'ai jeté un œil en direction du cousin au faux air de Marlon Brando. Il ne lui ressemblait pas tout compte fait, mais il en avait la moue, le même pli boudeur perpétuellement aux lèvres. La lèvre inférieure pendait, comme déformée par l'habitude du plaisir.

Tout à l'heure quand il m'était apparu, la vie en moi s'était rétractée à toute vitesse jusqu'à former une bille minuscule et maintenant sous le soleil d'août, j'étais là à ne pas savoir quoi faire de cette histoire qui au final, m'encombrait. Mais l'été de mes quinze ans, dans son regard de petit garçon, je m'étais sentie à la fois Martine Carole et Mylène Demongeot.

1991

C'est samedi soir. Toujours ce déménagement au bureau qui occupe mon esprit quand ce n'est pas le souvenir des années écoulées. J'ai laissé Bernard devant la télé et maintenant, il doit être couché. Je débranche le téléphone et me force à dormir, parce que c'est la dernière chance que je revoie intact le visage du cousin au faux air de Marlon Brando tel qu'il m'est apparu, une fraction de seconde, dans la cuisine le jour du mariage du Fils, il y a de cela quatorze ans. S'il est encore quelque part, ce visage, éclairé tel qu'il l'était ce jour-là dans la fraîcheur et la pénombre, ce ne peut être que dans le sommeil, dans ma vraie vie en 2006 il a depuis longtemps disparu. Mais j'ai beau lutter, rien n'y fait, le visage se dérobe, je sens bien que le sommeil m'entraîne dans une autre direction.

La Renault Safrane suivait la route entre les collines. Dans un virage, Bernard a ralenti : *C'est là, je crois*. Il a tourné sur la droite, la chaussée était à peine assez large pour que deux voitures se croisent, le long d'une ligne de peupliers. Nous avons tendu le cou pour tenter de distinguer derrière les haies.

La route partait à l'oblique. Nous avons dépassé une maison.

J'ai dit : *C'est là.*

Je ne sais plus comment l'idée était venue de quitter la maison de C. pour emménager dans une demeure plus vaste à la campagne. Il me semble que de tout temps j'ai su que nous prendrions la décision. Nous allions vendre le pavillon sur sous-sol dans lequel nous habitions depuis 1971, dans la proche banlieue.

La Safrane a quitté la route et s'est engagée dans une allée en épingle à cheveux. Le portail était ouvert. Une auto était stationnée, un homme patientait debout près de la portière conducteur. L'agent immobilier nous avait fixé rendez-vous à quinze heures. Il nous a salués à notre descente de voiture.

Il a commencé à expliquer : *La maison comportait un seul corps de bâtiment à l'origine mais le dernier propriétaire a ajouté une aile.*

La maison s'adossait à un coteau. Une bâtisse en tuffeau, coiffée d'ardoises, avec des chiens-assis et des fenêtres à croisillons. Le terrain planté de sapins et de noyers descendait en pente douce jusqu'à la route. Nous avons visité les pièces, j'ai arpenté le parc. Il faisait froid et humide. Nous allions tout à l'heure reprendre la route de C., je repasserais les chemises de Bernard pendant qu'il nettoierait l'intérieur de la Safrane afin qu'elle soit prête pour son départ le lendemain matin. Peu avant dix-neuf heures, j'allumerais la télé et à l'écoute du générique de *7 sur 7*, je ne pourrais empêcher mon cœur de se serrer.

Bernard allait regarder le film du dimanche soir, j'irais me coucher mais je ne dormirais pas. Transistor collé à l'oreille, j'observerais par la porte entrouverte les lueurs projetées par la télé sur les dalles plastique du couloir. Malgré la radio me parviendraient, assourdis, les coups de feu, les voix d'hommes à la gravité mate et les cris des femmes, des cris de gorge qui sonneraient faux.

Longtemps après que Bernard se serait couché et dormirait, je me réveillerais dans la nuit, la radio toujours allumée. À cette heure-là, les grandes ondes se seraient tues et seul se distinguerait le grésillement du haut-parleur, un feulement étouffé. Une voix d'homme. Un homme mettrait sa main devant sa bouche pour dissimuler sa voix et lui donner un timbre inquiétant. Je m'immobiliserais comme si quelque chose était à attendre de l'inconnu qui retenait son haleine, lèvres contre mon oreille, un secret, un secret lointain qui appartenait à la nuit.

Quand je suis revenue du jardin, l'agent immobilier se tenait sur le pas de la porte, sanglé dans son imperméable, pantalon en tergal, bottines pointues et odeur aigre. Je me demandais quelle histoire il avait bien pu nous inventer à Bernard et à moi. Il avait bien dû se raconter quelque chose et à force de voir passer des couples à longueur de journée, il devait le plus souvent viser juste.

Il se taisait. Il laissait venir. Il avait dû pressentir qu'il ne fallait pas nous forcer la main. Sans doute l'expérience lui avait-elle appris quels clients il convenait de laisser cheminer en silence jusqu'à la réflexion, lesquels il valait mieux ne pas lâcher faute de quoi ils resteraient dans l'indécision.

J'ai balayé du regard la façade. L'idée m'est venue que ceux qui m'avaient connue vingt ans plus tôt seraient incapables de faire le rapprochement avec cette femme occupée à flâner au milieu de ce parc planté d'arbres anciens, devant ces corniches et ces fenêtres à croisillons. L'idée m'a plu. Je me suis dit : *Ils ne me reconnaîtraient pas, ils ne pourraient pas faire le lien.*

Au fond j'ai passé ma vie à me rendre méconnaissable. Comme ceux qui après avoir commis un attentat ou avoir trahi, basculent dans la clandestinité. Quelques accessoires suffisent, une paire de lunettes, un postiche, une longueur de cheveux. Il n'en faut pas davantage, parce qu'au final, ce que les autres savent de vous se limite à ces détails. Vous vous faites teindre en blond, vous taillez votre frange, ce n'est pas plus compliqué. On croit toujours qu'il est difficile de se dissimuler alors qu'en réalité, les autres ne veulent rien savoir, ils n'ont pas envie de s'embarrasser avec qui vous êtes vraiment. Je savais en tout cas ce que maman allait dire quand je lui ferais visiter : *Tu as quarante-huit ans, tu t'achètes une maison comme on en voit dans les films, tu pars en vacances en Grèce, tu cuisines des plats étrangers aux noms imprononçables, tu t'assois chaque matin devant un bureau pour toi toute seule et tu donnes des directives au téléphone, mais je sais très bien qui vous êtes en réalité, Bernard et toi.*

Nous avons repris la route. Nous avons traversé des bourgs égarés, des maisons vides aux volets clos. Le halo bleuté des téléviseurs, couleur fantôme, filtrait à travers les persiennes de celles qui restaient habitées. Assis sur des bancs dans des Abribus, des jeunes qui s'attardaient avaient l'air de survivants.

À peine avaient-ils vécu, leur visage s'effaçait. Les garçons faisaient cracher leur cyclomoteur. Ils étaient méchants et leurs rires étaient mauvais.

Les bars s'appelaient *Le Café des sports* ou *L'Apollon*. Pris une seconde dans la lueur des phares, les clients écarquillaient les yeux et le temps que la lumière leur balayait la figure, il leur échappait une expression de bête traquée. J'ai pensé : *C'est ici que je vais finir mes jours, dans cette campagne du Sud aux odeurs de tilleuls et de rivières, un pays de collines et d'hommes traqués.*

4
LE CHIGNON DE SIMONE VEIL

1990

J'en suis maintenant certaine, remonter dix ans en arrière ne suffira pas. Il me faut ramasser mes forces et bondir. Grand saut carpé arrière comme à la voltige. Cette nuit, alors que je ne dormais pas et fixais le plafond de mes yeux grands ouverts, je me suis vue repasser le *pont de fil*. Reprendre le chemin inverse. La ville était derrière moi et je voyais peu à peu émerger le quartier du fleuve, comme lorsqu'on fait la mise au point en photographie. La passerelle était si mince et si étroite, c'est à peine si une personne y passait : ce chemin, je devais le faire seule, et chacun de mes pas imprimait une légère oscillation au tablier suspendu à ses câbles. Dix mètres au-dessus de l'eau à une extrémité du pont, quinze de l'autre, et par-dessous le fleuve qui roulait et tonnait, creusé de tourbillons, rien qui puisse retenir ou ralentir sa charge.

Autrefois nous étions une vingtaine à table pour les réveillons de fin d'année, Solange et sa famille, la Cousine aux paupières peintes, des cousins, une tante dont nous riions car elle prononçait tout de travers, *les coquilles jean-jacques, la galette torpézienne* et quand elle chaussait ses lunettes aux verres fumés, Bernard l'appelait Greta Garbo et elle haussait les épaules.

Les cousins avaient passé la nuit en discothèque. Le jour de Noël, ils venaient tard au déjeuner, pas avant deux heures, les yeux luisants de fatigue, j'avais tenu leur assiette au chaud. Malgré la douche et le rasage rapides, ils portaient sur eux des relents de parfum bon marché et leurs cheveux sentaient la cigarette. Ils emmenaient leurs petites amies du moment, des filles trop maquillées qui faisaient semblant de rire aux plaisanteries de Bernard, dont je m'appliquais à retenir le prénom tout en sachant que je ne les reverrais pas, l'année d'après c'en serait d'autres. Elles portaient toutes le même pull trop grand et les mêmes bottes cuissardes, elles sentaient la femme en même temps que l'enfance. Elles s'asseyaient à table et picoraient, polies et rêveuses, sur le visage l'empreinte de l'orgasme furtif procuré au matin.

Quelqu'un sortait une guitare et on chantait du Brassens. La tante qui déformait les mots reprenait *Gare au gorille* et *La mauvaise réputation.*

Sans qu'on sache pourquoi, et sans qu'il y ait de lien de cause à effet, l'habitude s'est perdue à la mort du père de Chantal. Il est mort en octobre et le Noël suivant, nous aurions très bien pu nous réunir de nouveau mais cette mort, c'est comme si elle nous avait réveillés en sursaut. Tout à coup, nous ne savions plus ce que nous faisions ensemble autour de cette table de Noël à faire semblant de croire à on ne savait quoi.

Pour le Nouvel An 1990, nous nous sommes réunis à cinq, Bernard et moi, Solange, son mari et Guillaume. Guillaume écrivait déjà dans les journaux. Il avait passé deux ans à l'étranger après ses études et maintenant, il habitait un duplex à Paris meublé en noir et blanc, un décor de verre et de plastique dans lequel il s'installait pour boire du café italien. Il aimait les garçons et votait socialiste. Il buvait le champagne non pas au dessert mais à l'apéritif.

J'avais fait les courses la veille, et j'avais rejoint la voie express. À l'est, entre le fleuve et les arabesques des rails, s'étendait la ville cheminote et communiste. On servait du Viandox dans les cafés, le boulevard des Déportés débouchait dans l'avenue Stalingrad, les pavillons étaient en pierre meulière. En plein milieu, la gare bâtie l'année d'avant pour l'arrivée du TGV, ressemblait à un vaisseau spatial, l'air de s'être posée là une nuit sans prévenir. Tous les hôtels autour portaient des noms pour faire américain.

Au retour, j'étais passé chez maman. Elle m'avait dit qu'elle ne viendrait pas réveillonner avec nous. *Vous n'avez qu'à passer me voir le lendemain, ça oui, je veux bien, mais il ne faut pas compter sur moi à dîner*. Elle avait dit cela les yeux fixés sur l'écran de télévision, comme si elle ne voulait pas rater une seconde de je ne savais quelle émission et que ma présence la dérangeait.

Elle l'avait dit une première fois, puis elle avait baissé le son à l'aide de la télécommande et elle avait répété comme pour être sûre que je comprenne bien : *Non, je ne viendrai pas.*

J'avais insisté : *Les autres vont se demander pourquoi tu n'es pas là, ils ne vont pas comprendre.*

Elle avait baissé le son jusqu'à l'éteindre et avait tourné la tête. J'avais cru deviner un peu d'ironie mais je n'étais pas sûre. À la fois elle semblait me prendre en pitié et m'adresser un reproche. Elle avait demandé : *Ils vont se dire que c'est ta faute, c'est ça qui t'embête ? Ils vont penser que c'est ta faute si je ne viens pas.*

Je n'avais pas su quoi répondre et nous étions restées silencieuses.

Le téléviseur diffusait maintenant des images du couple Ceaușescu fusillé dans une cour d'école. Les images étaient ternes. Il semblait impossible que ce couple soit un couple d'aujourd'hui, il paraissait plutôt sorti d'une bande d'actualité de la Seconde Guerre mondiale ou des années qui avaient immédiatement précédé, d'un passé d'hommes en manteaux et chapeaux sombres. L'Allemagne était réunifiée, place de la Concorde une cantatrice noire drapée de bleu-blanc-rouge avait chanté *La Marseillaise*, la ville était à cinquante-cinq minutes de Paris par le rail et l'on fusillait des hommes et des femmes aux couleurs grises de la dernière guerre.

J'ai dit à Bernard qu'il devrait allumer la cheminée.

– *Il ne fait pas froid.*

– *Pour le froid, on a le chauffage central.*

Il a mis un disque de musique classique sur la chaîne hi-fi en répétant : *Pour un réveillon, il faut du classique.* Solange et moi nous nous tenions devant la baie vitrée. Les jardins à l'arrière disparaissaient dans l'obscurité. Elle a parlé des Noëls que j'organisais autrefois. Autrefois, c'était trois ans plus tôt, mais cela paraissait remonter à une période bien plus lointaine de nos vies. Celles que nous étions alors, ce qui nous rattachait à elles m'a paru tenir à un fil.

J'ai dit : *Tu sais, un jour, Bernard et moi nous serons invités à un mariage ou une fête de famille, on nous assiéra à un bout de table et plus personne ne saura qui nous sommes.*

Elle s'est redressée et d'une main a attrapé le rideau, comme si elle avait dû se raccrocher à quelque chose pour ne pas vaciller. J'ai failli poser ma main sur son bras pour vérifier qu'elle n'allait pas tomber, mais elle s'est dégagée.

Elle a juste dit : *Qu'est-ce que tu racontes ?*

Elle avait repris contenance. Elle me regardait d'un sourire protecteur.

J'ai continué : *Mais si, tu verras, c'est comme ça, on n'y peut rien, personne n'y peut rien. On demandera gentiment : qui c'est ? Qu'est-ce qu'ils font là, qui les a invités au fait ? Quelqu'un expliquera : c'est un oncle et une tante. Tu n'as pas remarqué ? Il y a toujours ça à un mariage, un oncle et une tante que personne ne connaît plus vraiment et qu'on a invités par convenance, il faut expliquer aux autres qui ils sont. Au début, on s'adressera à nous par politesse, puis seulement par bribes, et à partir d'un certain moment plus personne ne nous dira un mot jusqu'à la fin du repas, pas par méchanceté, mais par fatigue, parce que ça ne servira plus à rien de nous poser des questions. Nous serons sortis de l'histoire.*

Elle m'a fixée. Je connaissais ce regard. Le regard de Solange lorsque j'étais enfant dans la chambre du quartier du fleuve et qu'elle cherchait à calmer mes terreurs.

Bernard a demandé au mari de Solange s'il voulait du vin. Le mari a laissé étrangement traîner le *oui*, par peur d'être trop abrupt, parce qu'en réalité il avait envie de dire : *Oui, je veux bien un autre verre, parce que c'est le Nouvel An et que malgré tout, nous sommes bien ensemble.* C'est ainsi que cela se passe chez nous, on ne dit jamais les mots qu'il faudrait, les mots dont on aurait secrètement envie, alors on se contente d'un *oui* qui s'étrangle au fond de la gorge jusqu'à ce que la voix parte dans l'aigu.

Sur l'écran de télévision resté allumé, le visage de Patrick Bruel a émergé comme du fond d'un océan et est venu buter au premier plan sur la paroi vitrée.

Nous avons mangé au ralenti sous la lumière du lustre, trop vive, trop crue, muscles des mâchoires tendus.

J'ai pensé aux années qui allaient suivre comme à des pages blanches sur lesquelles ce qui s'écrirait s'effacerait à mesure. Les vingt dernières années, j'aurais pu citer des chansons, me remémorer des visages dans des films ou à la télévision, me souvenir de lumières le dimanche au bord de l'eau, des heures précises d'une couleur unique, mais les vingt années qui m'attendaient, j'en étais certaine, l'idée m'a frappée comme une évidence, se consumeraient dans la seconde où je les vivrais.

1989

Un passage souterrain sous le boulevard livrait accès au complexe nautique. Nous avons plongé dans le tunnel au milieu de la foule, il fallait se frayer un chemin parmi les poussettes, les enfants à tricycle, on se hélait, les mères guettaient, les enfants tapaient du pied, claquaient des mains, leurs rires partaient en cascade. Quand nous avons débouché à l'air libre, cela sentait l'herbe chaude et la rivière. Quelques-uns transportaient des glacières et des pliants. Les épaules étaient nues et les peaux se frôlaient. Il ne fallait pas se laisser dépasser si l'on voulait le meilleur emplacement.

Puis, les corps ont disparu dans l'obscurité et seules sont restées les voix. Nous nous sommes assis dans l'herbe. Des pères hissaient leurs enfants sur leurs épaules. Tout à l'heure, la foule crierait : *Assis ! Assis !*

On parlait du bonheur de cette journée, d'avoir trop mangé, trop dormi, de s'être offert au soleil, juste une journée pour rien, les yeux dans les arbres. De l'autre côté du fleuve et des îles, cinq mille logements, barres et tours, dressaient un rempart de béton et de lumières.

Solange a pris place à mon côté, Bernard et le mari de Solange se tenaient en retrait, Guillaume est resté en arrière.

Il guettait. Comme s'il avait peur de manquer quelque chose. Une chose unique susceptible de surgir à tout moment et qui ne durerait pas plus d'une seconde. Je savais très bien ce qu'il surveillait. Il attendait les garçons à la beauté maladroite qui un soir comme celui-là allaient par meutes et donnaient de la voix. Je le devinais qui les tenait dans son regard du coin de l'œil. Il était passé maître dans cet art difficile, regarder sans regarder. Ils étaient là, en jean, short, t-shirt, baskets, leurs dents étaient dures et le cheveu poussait dru. Je l'ai fixé, il était trop affairé pour remarquer mon regard dans l'obscurité, et j'ai dit, articulant les mots sans qu'aucun son ne sorte : *Je sais très bien ce que tu fais. Tu ne dis rien, tu parais ne rien voir, comme si tu n'étais pas là, comme si tu n'existais pas, mais je sais que tu les emportes avec toi en pensée pour faire d'eux tout ce que tu voudras tout à l'heure dans ta chambre, une fois seul, tout ce que tu voudras y compris et surtout, les pires monstruosités.*

La foule s'agglutinait. Il en venait de partout. Sur le boulevard s'étirait un cordon ininterrompu de voitures. Des pétards éclataient. Des amorces que les enfants s'amusaient à jeter sous les pieds des passants pour faire peur. Des enfants pleuraient dans leurs poussettes. Une musique s'échappait d'un appareil hi-fi porté à l'épaule.

La foule s'est raidie. C'est parti à l'improviste de la digue d'en face. Des éclairs en ligne droite. Des flashs ont frappé les visages, une seconde éblouis. Les rafales accéléraient, décéléraient, repartaient, on pouvait croire que tout était fini, le ciel de nouveau craquait sans prévenir.

Chaque coup retentissait en moi. Je me raidissais pour ne pas me laisser emporter par la cohue et le fracas. J'avais choisi une robe à fleurs dans un tissu léger. J'étais mince et vive. J'entendais les cœurs battre dans les cages des poitrines. Des odeurs de fraîchin se mêlaient aux relents métalliques de la poudre. J'oubliais les cris, la bousculade, le lent et invisible mouvement de la foule, le flux et le reflux, un pas après l'autre, une convulsion au ralenti. On dansait d'un pied sur l'autre, on se hissait sur la pointe des orteils, la vague humaine avançait et reculait, parcourue d'un mouvement de marée.

Je me suis laissée submerger. On s'attrapait la main pour ne pas se perdre, un inconnu m'a touché le bras, peau contre peau, dans ces vêtements de juillet qui dévoilaient le corps plus qu'ils ne le couvraient. L'envie m'a prise de me porter en avant, de fendre la foule jusqu'à la rive pour mieux sentir la frappe, sentir ce souffle de bête lâché sur la ville. Le souffle sur mon visage. Chaque fusée qui fendait le ciel me rapprochait de la nuit. Oui, je ne peux pas dire mieux. Je brûlais d'envie de m'offrir à la bête.

1988

Le Fils avait terminé ses études. Il cherchait du travail, il avait vingt-quatre ans. J'aurais voulu qu'il soit ingénieur. Il avait tenté, deux années, mais il avait échoué, puis il avait essayé dessinateur industriel.

Un après-midi, je suis entrée dans sa chambre. Un ordinateur occupait toute la place sur le bureau, à côté de cartons de disquettes et de livres de mathématiques. Il avait conservé ses *Arsène Lupin*, ses *Rouletabille* et ses bandes dessinées de super-héros. J'ignorais ce qu'il ferait après l'été.

Je l'ai dit à Bernard : *Un jour, nous déménagerons dans une maison plus grande à la campagne, entourée d'arbres.*

Il a relevé la tête.

– *Pour quoi faire ?*

– *Pour avoir une vraie maison.*

Il a parcouru le salon des yeux, l'air d'enregistrer chaque détail comme si nous allions partir dans la seconde et qu'il voulait se souvenir de toute urgence de la place de chaque objet.

Il a juste remarqué : *Nous étions bien contents d'avoir une maison comme celle-là quand nous sommes arrivés.*

Rien de plus. Parce qu'au fond, il savait que la décision était prise.

Il a juste glissé : *Tu te souviens comme c'était avant ?* Avant, c'était chez maman, la maison du quartier du fleuve. Bernard et moi y avons habité sept ans jusqu'à ce que nous fassions construire le pavillon au sud de la ville.

De l'autre côté de la rue, sous nos fenêtres, subsistaient des restes de fermes avec leur corps de logis en pierre, une cour centrale et quelques arpents de vigne mais à l'arrière, toutes les maisons étaient venues en même temps, les haies de thuyas ou de troènes, les garages semi-enterrés et les barbecues. Il restait des terrains vagues au bout de la rue, comme la trace que laissait la chirurgie sur les corps. Des travaux y avaient démarré il y avait de cela des années, les engins de chantier s'étaient ouvert un passage mais sans qu'on sache pourquoi, un beau jour tout s'était arrêté et les choses étaient restées en l'état : une terre ouverte, ses mottes sens dessus dessous, comme un ventre éviscéré qui laissait voir sa chair morte.

La chambre de maman sentait l'eau de Cologne. Elle arrivait le vendredi et repartait le dimanche. Un dimanche, je l'ai raccompagnée et nous nous sommes promenées jusqu'au fleuve, face à une île. Enfant, depuis la passerelle qui menait à la ville, j'imaginais l'île de Crusoé. Du bois mort encombrait ses rives et entre les ronces, surnageait une épave de voilier. Des plantes grasses sur le sable grouillaient de larves en été. Les jours d'orage à un mètre du sol, c'était une danse perpétuelle de libellules et papillons. Avec la distance, le pont de la route nationale se réduisait à un trait si mince qu'il en devenait à peine visible. Les poids lourds semblaient glisser sur l'eau, se déplaçant avec une lenteur de cargo.

Je le savais, nous allions déménager. Le Fils n'avait pas pu être ingénieur mais nous vivrions dans une maison à la campagne entourée d'arbres. Dans le pavillon, nous avions fait installer une cheminée et remplacé une partie des dalles plastique par du carrelage. Déjà, l'endroit avait commencé à ressembler à quelque chose mais ce n'était pas suffisant.

Il m'arrivait de sursauter quand j'entrais dans la chambre de maman. Chaque fois, je me laissais surprendre à cause du peignoir qui pendait sur son cintre, toujours à la même place. Elle prenait soin de l'y disposer chaque dimanche soir avant son départ. J'avais beau le savoir, sitôt que je poussais la porte, je marquais un temps d'arrêt. Le tissu retombait sans forme devant la fenêtre. Je croyais voir maman comme si elle m'attendait. Elle m'attendait pour me dire quelque chose. Quelque chose que je redoutais d'entendre depuis des années, d'inavouable, au sujet de la sœur morte. Ou peut-être du Fils. Ce devait être ça plutôt. Je ne savais pas si je le redoutais ou si je l'espérais et ça n'avait aucune importance puisque c'était impossible. Seule Solange était au courant et elle ne me trahirait pas.

Je restais saisie une seconde. J'attrapais mon carré de tissu au fond de ma poche et je commençais à frotter.

1987

La route pour aller au travail longeait le parc de la cité universitaire. De l'autre côté, un café servait de lieu de rendez-vous aux lycéens. Au feu rouge, à l'arrêt dans la file des voitures, je les apercevais qui jouaient à l'amour, assis aux tables, se tenant par la main, les doigts fourrageant les cheveux. J'étais sûre qu'ils se répétaient des mots entendus dans des films à la télévision. Ils se touchaient pour vérifier que la vie était là, d'une puissance à faire peur.

Le plus souvent, on roulait sans encombre. Le contraire ne me gênait pas. Prise dans les ralentissements, j'imaginais les pensées des automobilistes qui venaient en face. Un homme se souvenait de sa mère. Il se souvenait de ce dont se souvenait sa mère. Il en perdait en route, des noms, des dates, un geste. Puis, tout lui revenait d'un coup, les visages sans nom du cours préparatoire, les peurs inattendues, les phrases toutes faites sorties de conversations entendues trente ans plus tôt. Il appuyait sur l'accélérateur, c'était comme s'il pressait la mémoire. Nos regards se croisaient. Il se rappelait une voisine, son sourire, le pli que faisait sa jupe quand elle descendait la rue, un mouvement d'une grâce singulière qui rachetait tout chez cette femme plutôt laide, et qu'il n'avait revu chez personne depuis, comme si ce mouvement, une seule femme au monde avait été capable de l'accomplir, une seule et unique fois dans l'histoire de l'humanité. Il paraissait sur le point de me dire quelque chose derrière son pare-brise, mais non, il filait à la vitesse des souvenirs qu'on tente de retenir. Les traces de pneus sur la chaussée se superposaient et s'entrecroisaient comme se superposaient et s'entrecroisaient les dizaines de trajectoires d'hommes et de femmes qui à cette minute, entraient et sortaient de la ville.

Que devait-on dire de moi ? Il n'y avait pas dix mille façons de me voir. Élégante, sobre, jupe, bottes, chandail, auquel j'ajoutais la fantaisie d'un bijou, un foulard imprimé, pour une note de gaieté.

Je m'étais fait tailler les cheveux en carré et je m'étais choisi une nuance d'un blond cendré. Avant, j'étais platine, mais platine, ce n'était pas convenable pour la mère d'un garçon de vingt-trois ans.

Je restais légère. Je n'avais pas cette lourdeur apparue chez Solange à mon âge, le bassin qui s'élargissait et la chair qui enflait entre le sexe et le nombril.

Le directeur m'appelait par mon prénom tout en me vouvoyant. Il en avait pris l'habitude aussitôt que j'étais devenue son assistante. On ne disait pas *madame* à quelqu'un auquel on demandait de vous prendre rendez-vous chez le dentiste mais celui qu'on tutoyait, on ne pouvait plus exercer sur lui son autorité, la connivence faussait les rapports hiérarchiques.

Après déjeuner au bureau, je montais dans les étages. Une salle était réservée à l'archivage. Les dossiers d'assurance, numéros de cote écrits au gros feutre sur la tranche, s'alignaient du sol au plafond, remplis d'histoires qui tenaient le plus souvent en trois lignes à la page *faits divers* du quotidien local, un feu de cheminée, une collision cyclo-auto, piéton-cyclo, rarement de drames plus violents. Je ne les ouvrais jamais. Les mots, j'en étais certaine, étaient restés intacts, imprimés noir sur blanc, rien ne les effacerait malgré les années, les mots, donc ce qu'ils décrivaient. Ils ne demandaient qu'à s'échapper et sitôt que quelqu'un soulèverait la couverture cartonnée, ils se répandraient dans la pièce à la vitesse d'un essaim. Les plaintes, les lamentations, les petits cris, quand quelqu'un s'étonnait d'être pris pour cible par le malheur, pourquoi moi, pas possible, pas moi non, pas cette douleur, je n'ai rien fait pour mériter ça. Alors je passais devant sans toucher à rien, feignant l'indifférence. Et je me sentais plus forte que tout.

Au bureau, les filles se confiaient à moi. Je les écoutais raconter leur vie, leurs enfants, la maladie. Je paraissais forte et enjouée. C'était à moi qu'on demandait un avis sur les derniers films ou derniers livres sortis. J'avais de la répartie. Dans la famille, j'avais été la première à être équipée du téléphone puis du minitel.

Exceptionnellement, le vendredi, j'allais déjeuner avec elles au restaurant. Nous riions et parlions plus fort que d'habitude. La vie était comme une mousse légère pleine de bulles, elle n'avait pas le temps de figer. Le dimanche à partir d'une certaine heure l'après-midi, c'était l'idée qui me bloquait l'estomac : la vie s'épaissisait comme une sauce sous l'effet du froid, et je respirais mal.

J'aimais les buffets appétissants et colorés du restaurant, la gaieté particulière quand nous rentrions à pied au bureau, une façon de pousser une porte ou de décrocher le téléphone qui n'appartenait qu'à ces heures-là, le vendredi après-midi après que nous avions déjeuné toutes ensemble.

Quand j'avais le temps, j'allais à la gare observer le panneau automatique annonçant les départs. Les cases où s'affichaient les numéros de trains et de voies tournaient à toute vitesse et faisaient un bruit de battement d'ailes. Le temps que cela durait, il semblait que le hasard décidait seul du numéro qui allait sortir. À cet instant, le cœur sautait dans ma poitrine et je restais suspendue dans le vide. La sensation était si intense qu'aussitôt le numéro affiché, j'attendais le prochain et au prochain, je me disais : *Puisque j'arrête, encore un dernier*. Les minutes passaient. Je savais que j'allais être en retard au bureau et le trouble que j'en ressentais rajoutait à la violence du plaisir.

Je récidivais, une fois, la dernière, cette fois c'était sûr. Arrivait le moment où je me réveillais en sursaut, debout devant le panneau, avec l'impression qu'une main invisible m'attrapait au visage et me secouait pour m'arracher au défilé cadencé des chiffres.

Lorsque j'avais vraiment tout mon temps, je m'avançais jusqu'aux quais pour regarder partir les trains longue distance. Mon préféré était celui d'Hendaye, à cause du sud et de l'idée de frontière. Partir pour Hendaye, c'était partir vraiment. En voyant s'ébranler le convoi tout luisant de soleil, la cambrure parfaite de sa courbe à l'abord d'un virage, je l'imaginais rempli de couples clandestins qui se cherchaient une autre vie. Les mêmes qui faisaient étape à *L'Étoile du Sud*. Et à cet instant, je me sentais submergée par une joie sans limite.

Un an plus tôt à la télévision, c'était en juillet, Simone Veil s'était trouvée sur le plateau de Christophe Dechavanne. Alors que l'émission était commencée depuis plusieurs minutes, il l'avait invitée, sur un ton de défi mais avec suffisamment de déférence pour qu'elle ait toute latitude de refuser, à lâcher ses cheveux. Contre toute attente, sans se faire prier elle s'était exécutée et avant que je comprenne ce qui se passait, elle n'avait pas mis une seconde à dénouer le chignon. La toison s'était répandue sur ses épaules, lourde et épaisse, pareille à une fourrure animale, et chacun de nous devant son écran avait pu contempler Simone Veil telle qu'elle était avant la toilette du matin, dans le désordre d'un lit défait. J'avais senti ma peau se rétracter. J'aurais voulu bondir du canapé, lui dire de ne pas faire ça, qu'elle n'était pas obligée, lui relever les cheveux et y remettre de l'ordre.

En une seule seconde ce soir de juillet, j'avais compris que le monde que j'avais connu, au milieu duquel je m'étais sentie comme à l'intérieur d'une grande maison, n'avait pas davantage de réalité qu'un rêve.

1986

Les rares fois où j'assiste à une cérémonie religieuse, j'ai la sensation que les mots ne tombent pas juste. Mieux aurait valu conserver le latin, c'est aussi simple que ça. Les mots alors tombaient du ciel comme autant de formules magiques, des abracadabras étincelants, incompréhensibles de la plupart d'entre nous mais justement, le temps qu'ils étaient prononcés, nous n'étions plus nous-mêmes, nous n'étions plus réduits aux limites étroites de notre vie particulière. Aujourd'hui, les curés utilisent les mêmes mots qu'à la télévision, les mêmes que dans les files d'attente au supermarché. Les mots à la messe ont beau être tirés des textes sacrés, leur étrangeté n'est plus là.

Pour le mariage de Jean-Philippe, en juillet 1986, cela fera vingt ans cet été, nous nous sommes retrouvés tous ensemble dans l'église, la famille au complet. Nous nous levions sur commande, nous nous rasseyions, l'air fatigué ou agacé en ânonnant les prières et les chants. Personne d'entre nous n'allait d'habitude à l'église, ni Bernard ni moi, ni Solange ni son mari, ni la Cousine aux paupières peintes. Même maman n'y mettait plus les pieds, bien qu'elle continue à faire bénir un rameau de buis à la Toussaint. Et puis bien sûr, devant la tombe de papa et de Michèle, tout le monde se signait sans discuter. Mais ce n'était pas pareil. Face à la mort, on n'a plus d'arguments, on ne fait plus son malin.

J'étais heureuse pour Solange. Elle méritait ce qui était pour elle un bonheur, ses yeux scintillaient tandis qu'elle marchait au côté de Jean-Philippe et qu'elle lui tenait le bras.

Après la mairie et l'église, nous avons pris la route d'un manoir loué pour le repas de noces. Nous avons roulé vite, serrant de près la voiture devant nous, par peur de nous perdre en chemin, car nous ne connaissions pas l'itinéraire, mais aussi parce que sans le formuler clairement, nous sentions bien qu'un jour pareil, il fallait nous tenir ensemble.

À notre arrivée, comme il restait du temps avant le dîner, nous avons flâné dans le parc.

Le mari de Chantal, Jean-Marc, a photographié les mariés sous les arbres, Jean-Philippe et la jeune infirmière rencontrée deux ans plus tôt, venue l'hiver précédent passer son premier Noël en famille. Dans son costume gris léger, le mari de Solange paraissait plus jeune. Plus aérien. Comme si le poids dont il était lesté d'habitude, s'était envolé vers le ciel.

Ils ont discuté un moment, Chantal, Jean-Marc et lui, et Jean-Marc, qui avait acheté dix ans plus tôt un magasin de photographie dans la vallée, a dit : *Il n'y a pas que les Français qui soient racistes, les Noirs le sont tout autant, je suis bien placé pour le savoir.*

Personne ne lui a demandé en quoi il l'était, c'était une fin de phrase qui revenait systématiquement chez lui, quel que soit le sujet, comme une signature au bas d'une lettre : *Je suis bien placé pour le savoir.*

Chantal a approuvé : *Les premiers racistes sont les Noirs et les Arabes, c'est bien simple.*

Bernard a hoché la tête : *Ah ! Ça !* Puis il s'est tourné vers le mari de Solange et lui a demandé qui allait s'aligner au départ du Tour. Le mari a cité Hinault et Greg LeMond. À ce moment, maman est passée dans sa robe sombre à fleurs, les yeux sur ses pieds comme pour mieux surveiller un obstacle.

Je suis restée à l'écart sans dire un mot. Tout à coup, je ne comprenais pas ce que Solange faisait, affublée d'une voilette, comme si elle avait vécu au XIXe siècle, pourquoi il avait fallu que nous allions à l'église alors qu'aucun de nous ne croyait à rien, pourquoi nous nous retrouvions maintenant dans ce décor de château plus faux qu'au théâtre. Quel besoin y avait-il ? Brusquement, je ne reconnaissais rien autour de moi. Solange et son époux, Bernard et maman, Jean-Philippe et Le Fils, d'autres avaient pris leur place, leurs doubles, comme s'ils étaient devenus les personnages d'un spectacle de patronage un jour de kermesse, et je me répétais : *Mais je ne peux pas être la seule à m'en apercevoir ?*

Le DJ a passé des paso doble, Depeche Mode, La Compagnie créole. Solange et son mari s'appliquaient à danser, renouant avec des postures et des gestes dont ils avaient eu l'habitude autrefois, comme si par-delà la musique qui retentissait à l'instant, ils obéissaient à un air plus ancien, qu'ils croyaient perdu et qui ne les avait pas quittés. *Ça fait rire les oiseaux* a retenti. Tout le monde s'est levé d'un bond. Les plus jeunes dansaient seuls au milieu du vide, sans savoir quoi faire de leurs bras, claquant des doigts pour se donner une contenance. Les plus âgés s'entêtaient. Ils faisaient semblant que cette musique était la leur. Quand par surprise le DJ enchaînait avec un rythme rock ou disco, ils marquaient un temps d'arrêt, sur le point de quitter la piste avant de se raviser. Ils persistaient à s'étreindre en dépit de toute logique, calaient leur pas sur la nouvelle rythmique, déséquilibrés par ce son qui cognait, alors ils inventaient. Ils couraient après la musique, la rattrapaient, et elle avait beau les distancer, ils s'y raccrochaient et jamais ils ne lâchaient.

5
C'EST CELA QUI A CHANGÉ

1985

Je les revois dans le couloir d'entrée qui s'étreignaient en soufflant tandis que je restais à les observer en pensant : *Ils surjouent, ils exagèrent, il ne fait pas si froid dehors et la joie qu'ils ont à se retrouver n'est pas non plus si forte qu'ils le disent, mais ça leur fait du bien de faire comme si, ils en ont besoin, alors on ne peut pas leur enlever ça, personne n'en a le droit.*

Ils se rengorgeaient, les gestes s'embrouillaient, j'avais su trouver le détail qui faisait parler, une décoration insolite sur la table, une fantaisie dans mes cheveux. Mon plus grand succès, ç'avait été des avocats à la fin des années 1970 : ils étaient tout excités et maladroits, s'épiant les uns les autres pour voir comment se débrouiller au mieux avec cette chair grasse et inconnue, d'un vert dont la clarté invitait à la gourmandise, qui n'était pas le vert sévère des légumes habituels, haricots ou épinards. Fallait-il la vider dans l'assiette après l'avoir séparée de la coque rugueuse et du noyau, ou bien la creuser à la cuillère bouchée après bouchée ?

Bernard a servi l'apéritif et est parti dans des rires. La cuisine était encombrée de saladiers et de ramequins. J'ai prévenu : *N'ouvrez pas le frigo trop souvent, il faut que le gâteau se maintienne à température*. Bernard s'est moqué de la tante qui déformait les mots. Il a répété : *Alors, ça va, Greta Garbo ?* Il prononçait : *Creta* Garbo.

Quelqu'un, Chantal je crois, a parlé des attentats du début du mois dans les grands magasins parisiens. Solange a commenté : *C'est voulu, tout ça.*

Quand j'ai commencé à remonter le temps, je tournais les années comme les pages d'un livre, l'une après l'autre, toutes bien distinctes, mais maintenant, les années se fondent jusqu'à former un seul et interminable ruban coloré, les images et les mots se confondent. La seule certitude, qui s'est très vite imposée, est que ça ne s'arrêtera pas. Je n'ai plus le pouvoir de dire *stop* comme on le fait dans son lit en cherchant le sommeil et qu'il suffit de changer de position, de rabattre une couverture ou de s'enfouir le visage dans l'oreiller, pour chasser une pensée dont on n'a plus envie.

Solange a dit : *C'est voulu, tout ça* et personne n'a demandé ce qui était voulu, ni dans quel but. Il semblait que dans le couloir où nous nous bousculions, sauf le mari de Solange qui se taisait, tout le monde sache très bien ce qui était voulu et par qui. Et maman a répété à son tour : *Bien sûr que c'est voulu, tu ne me feras pas croire.*

Nous nous sommes attablés. Nous avons dit du mal des socialistes parce qu'ils avaient tout changé et rien changé. Jean-Marc a dit : *Ce n'est pas la vraie gauche* mais s'ils avaient été la vraie gauche, il ne les aurait pas aimés non plus. C'étaient les mêmes phrases l'année d'avant, seuls changeaient quelques noms de politiques ou d'animateurs télé.

Bernard a mis des valses de Vienne sur la chaîne hi-fi. Jean-Philippe était venu avec sa fiancée, rencontrée un an plus tôt au cinéma, elle était infirmière. Elle restait silencieuse et observait. D'un œil acéré, elle apprenait qui était qui autour de la table, duquel on pouvait rire, lequel il convenait d'écouter avec respect. Elle se faufilait dans l'enchevêtrement des souvenirs. Elle cherchait, rapide, sûre d'elle, de grands yeux lui dévoraient le visage.

Solange s'est tournée dans ma direction : *Comment va-t-il, tu ne m'as pas dit ?*

J'ai hésité avant de comprendre qu'elle voulait parler du Fils, assis en bout de table, mutique.

Elle a poursuivi sans attendre ma réponse : *Dessinateur industriel, c'est bien. On en aura toujours besoin dans les usines,* sans y mettre le ton, comme si quelqu'un d'autre parlait à sa place pendant que la vraie Solange, une Solange qui malgré tous mes efforts resterait hors d'atteinte, avait l'esprit ailleurs. À son côté, Bernard s'esclaffait.

Le Fils après son échec à l'école d'ingénieurs, avait commencé une année d'étude pour devenir dessinateur industriel.

J'ai dit :

– *Merci de t'en préoccuper.*

– *C'est normal de s'intéresser à son neveu.*

Je me suis demandé s'il fallait comprendre plus que les mots qui étaient prononcés. Si elle m'adressait un quelconque reproche. Si je devais trouver une phrase pour me justifier de je ne savais quoi.

Il pleuvait une pluie lente et silencieuse. Bernard continuait de plaisanter. C'est ce qui m'avait attirée chez lui en premier. Le costume d'aviateur, peut-être, mais d'autres garçons étaient mieux bâtis, avec des sourires et des épaules d'acteurs américains. Ce qui avait fait la différence, c'est que lui, la peur lui glissait dessus.

Je l'observais qui servait le vin. J'entendais ses rires moqueurs. Il transpirait une virilité un peu passée de mode, qu'on ne voyait plus que dans certains films, Delon et Ventura en gabardine sanglée à la taille, une arme à feu au fond de la poche.

On ne riait pas dans la maison du quartier du fleuve. Pas comme ça. Pas ce rire franc comme une fanfare. Et maman ne riait pas là-bas, rivée à son bout de table. Elle observait Bernard, l'air de penser que le rire était un vice à ranger sur la même étagère que l'intempérance ou l'addiction au jeu. S'y adonner était source de danger. Une fantaisie que nous n'avions pas les moyens de nous autoriser. Celui qui rit, sa vigilance se relâche, et les gens comme nous étaient condamnés pour survivre à demeurer sans cesse sur nos gardes. Le moindre faux pas nous était interdit.

La table était en désordre, les serviettes roulées en boule, quelqu'un en se levant avait entraîné la nappe avec lui. On se tordait sur sa chaise. Les couverts s'entrechoquaient. Je suis allée à la cuisine trancher du pain. Sur le point de regagner la salle à manger, j'ai marqué un temps d'arrêt sans savoir ce qui me retenait. C'étaient les mêmes personnes qu'au Noël précédent, elles auraient pu porter les mêmes vêtements et débiter les mêmes phrases, mais quelque chose ne se raccordait plus. Peut-être était-ce la fiancée. Elle souriait, prenait part à la conversation, proposait son aide pour débarrasser mais cela n'y changeait rien. On aurait cru une photo de groupe, la même que l'année d'avant, mais cette fois, au moment de déclencher la prise de vue, la main du photographe avait tremblé.

Non, ce n'était pas la fiancée, c'était nous. Je me suis dit : *En fait, nous ne savons plus ce que nous faisons ensemble, c'est cela qui a changé.*

La radio était restée allumée près de l'évier. Bernard Tapie chantait : *Réussir sa vie/c'est de parler à Dieu/comme à ses voisins/dire que ça ira mieux/même quand tout va bien/c'est de voir le soleil au milieu des nuages et devant un avion/rêver de voyages.*

Sur le point d'éteindre, je me suis surprise au contraire à hausser le son. Dans le couloir qui menait à la salle à manger, la musique m'a poursuivie : *C'est de gagner en bourse/comme on jouait aux billes/et de finir sa course le soir en famille/réussir sa vie/c'est d'abord choisir/c'est d'avoir envie/de tout devenir.*

Solange a parlé de l'entreprise où elle avait travaillé après-guerre, une fabrique de drapeaux et fanions. La tante qui déformait les mots a chaussé ses lunettes noires et à son tour, a raconté ses années d'apprentissage. Elle a dit : *La maison X.* Solange avait eu les mêmes mots : *C'était une bonne maison.* La maison, le lieu où l'on habite, on y est chez soi, à l'abri, en famille. Il a été un temps où ceux qui travaillaient utilisaient ce mot pour parler de l'endroit où ils se rendaient chaque matin, une *maison* avec des portes et des fenêtres, des cheminées qui fument et des fleurs dans des vases, telle qu'on en voit dans les dessins d'enfant.

Avant-hier, alors que nous discutions par écran interposé avec le Fils, il m'a raconté que l'habitude s'était prise dans les bureaux en Californie de ne pas attribuer de poste de travail spécifique à un salarié. Chacun le matin s'installe à l'endroit qu'il trouve libre et il lui suffit de brancher son ordinateur. Pas de salle dévolue aux réunions. Des coins banquettes disséminés un peu partout accueillent ceux qui ponctuellement réfléchissent en petit comité à un dossier précis. Rien ne doit rester immobile et, plaident les directions qui aménagent l'espace, cette nouvelle vision est destinée à satisfaire les aspirations des jeunes générations, qui ne veulent pas se voir privées de mouvement, donc frappées d'inertie. On parle de *tribus nomades* et ceux qu'on désigne sous ce vocable, s'en trouvent flattés. *Nomades*, sans rien qui freine leurs pensées, ces jeunes gens se classent quelque part entre *les clochards célestes* et *l'homme aux semelles de vent* : *Ils veulent être libres, ils chérissent la liberté plus que tout, c'est la seule chose qui compte à leurs yeux*. Moi, ce que je vois, c'est que très tôt, tout est fait pour qu'ils ne se sentent pas au travail comme chez eux. S'en séparer sera aussi facile que de retirer d'une prise de courant la fiche électrique d'un ordinateur.

J'ai servi le café. Le jour avait perdu de son éclat. Les neveux, la fiancée et le Fils sont sortis marcher. Je les ai vus depuis le balcon où j'étais allée prendre l'air. Mains dans les poches, ils ont quitté le lotissement pour emprunter à flanc de coteau un chemin qui longeait des villas entourées de parcs, des haies calcinées par l'hiver, des courts de tennis et des balançoires vides. En contrebas s'étendait la ville aux contours imprécis, derrière un nœud de rocades qui s'enroulaient sur elles-mêmes.

Je les ai vus marcher d'un pas cadencé, qui ne convenait pas vraiment à une journée pareille, et j'ai pensé : *Ils marchent comme s'il y avait quelque part où aller*.

1984

Chantal a allumé une cigarette : *On va ouvrir un magasin en centre-ville, ça complétera celui de la vallée.* Le magasin de la vallée, Jean-Marc et elle l'avaient ouvert neuf ans plus tôt. Elle a poursuivi : *Jean-Marc sait voir les choses venir.*

Il y avait neuf ans, ils parlaient tous deux des *valets du capitalisme,* des *exploités* et de *l'impérialisme.* J'ai pris le temps de l'observer tandis qu'elle tirait sur sa cigarette, ses paupières bistre, la courbe des cils raidis par le mascara, pareils à de petites pattes d'insectes disposées en étoile. Elle m'a demandé : *Pourquoi me regardes-tu comme ça ?* Je n'ai pas su quoi répondre. Ou plutôt j'ai souri et j'ai dit : *Je ne te regarde pas,* ce qui revient au même.

On avalait trop vite, on parlait trop vite, les langues claquaient. Et il y avait ce bruit quand entre les joues glissait un morceau qui dégorgeait de sauce.

– *Passe-moi l'eau, s'il te plaît.*

– *Tu bois de l'eau maintenant, tu es malade !*

– *Tu ne veux pas plus de sauce ?*

– *Reprends-en, je sais que tu aimes ça. C'est pour toi que je l'ai faite.*

C'était un appétit de tout, le besoin de manger plus qu'on avait faim, de parler plus qu'on avait à dire. Un couteau crissait. La pluie sur les vitres ajoutait un bruit de fond, une petite pluie têtue qui rendait le même son agaçant que les doigts de Bernard quand il tambourinait sur la table.

– *Arrête ça, c'est agaçant à la fin.*

– *Ooohhh…*

J'ai demandé à Bernard d'allumer la cheminée, tant pis s'il faisait trop chaud, j'avais envie d'entendre craquer le feu et que l'ombre des flammes joue sur les visages. Chantal a évoqué une chanson de Georges Chelon et a dit ne pas saisir les paroles : *Les phrases ne veulent rien dire.*

Guillaume sans lever le nez de son assiette, a glissé : *C'est ça la poésie, quand les mots nous échappent*. Curieusement, alors qu'il avait juste murmuré, le silence s'est fait. Nous l'avons regardé, yeux écarquillés, comme on scrute quelqu'un dont on n'est pas sûr de la phrase qu'il a dite, ni même qu'il l'ait vraiment dite. Pas un de nous n'a réagi. Nous sommes restés tête baissée, penchés au-dessus du vide. Brusquement, nous nous tenions devant l'entrée d'un monde parallèle et obscur dont nous étions incapables de dire, si nous nous y engagions, jusqu'où elle nous mènerait. Mais au fond, Guillaume avait raison. Les mots que nous lisons dans un poème, isolément nous les comprenons, ce sont les mêmes que ceux que nous utilisons plusieurs fois par jour, ils nous sont aussi familiers que le fauteuil dans lequel nous nous asseyons ou l'assiette dans laquelle nous mangeons, mais il y a cette façon de les mettre bout à bout qui nous les rend étrangers.

J'ai relevé la tête et je les ai passés en revue, le Fils, Guillaume, Jean-Philippe. Je me suis dit : *Un jour, ils rouleront dans des voitures, habiteront des maisons, emploieront des mots, auront des plaisirs qui ne seront pas les nôtres. Des plaisirs et des mots dont nous ignorons jusqu'à l'existence, quelques-uns n'ont même pas encore été inventés. Ils riront à des films qui ne nous feront pas rire, seront émus par des histoires dont nous ne verrons pas l'intérêt et tout ce qui nous a poussés à vivre, ils s'en détourneront.*

Les cousins sont arrivés vers quinze heures après avoir passé la nuit en discothèque. En entrant dans la salle à manger, ils ont ouvert grand les yeux, effarés d'être jetés dans une clarté trop vive. Leurs chandails à col roulé enfilés à l'aube, semblaient faits exprès pour conserver l'atmosphère étouffante de la boîte de nuit, comme s'ils avaient craint, projetés dans la nudité du jour, que le froid les saisisse et que celui-ci ne parte plus.

J'ai surpris le regard de Bernard. Un regard d'envie, l'envie de quelque chose d'animal qui n'appartenait qu'à la nuit, de partager les mots qu'ils avaient dû prononcer tout à l'heure, qu'on dit entre garçons quand on est vent debout. Lui aussi aurait voulu pouvoir dire les mots faciles et un peu sales qu'on n'osait pas en plein jour. En avoir plein la bouche et en sentir l'effet sur la langue. Je le savais bien, même s'il n'en laissait rien paraître, à intervalles réguliers il éprouvait le besoin, puissant mais passager, de se trouver par instants loin de moi et de la maison.

L'un des cousins, le fils de la tante qui déformait les mots, était accompagné d'une jeune fille, Valérie je crois, ou peut-être Béatrice, la chevelure épaisse d'un noir raisin, et les paupières lourdes, dans les dix-sept, dix-huit ans. Le noir du maquillage débordait autour des yeux. Elle portait un pull aux manches trop longues et des bijoux trop lourds pour elle. De petits gestes lui échappaient, rien de ce qu'elle disait ou faisait ne semblait accompli exprès. Elle parlait peu et secouait sa chevelure en souriant.

Quelques secondes leur ont suffi à dévorer le contenu de leur assiette, je le leur avais réservé au chaud en cuisine. Ils parlaient fort, projetaient leurs bras en tous sens, la dernière bouchée avalée ils allumaient une cigarette et disparaissaient derrière une fumée où le blanc et le bleu se mêlaient. Je ne voyais plus que leurs dents. Le reste s'était effacé, les lèvres, les yeux, le contour du visage, comme si les minutes qui s'étaient écoulées avaient emporté les cousins à toute vitesse loin de leur jeunesse et de la jeune fille aux yeux trop maquillés.

Ils avaient apporté une guitare pour jouer du Brassens. Leur chanson préférée, il y était question du *petit roi de Jordanie* et leur passage favori mentionnait Franco.

– *Que sur un air de fandango, on congédie le vieux Franco.*

Ils insistaient sur *Franco* et leurs bouches s'arrondissaient de plaisir. La tante qui déformait les mots, ses parents étaient des réfugiés basques. Quand elle rencontrait quelqu'un pour la première fois, elle prononçait toujours la même phrase en guise de présentation : *Je suis de Bilbao la grande ville.*

Au fil de la chanson, elle balançait la tête au rythme de la guitare et reprenait la phrase fétiche : *Qu'on congédie le vieux Franco*, l'air, neuf ans après la mort du dictateur, de se battre encore avec son cadavre.

C'est ainsi que se passaient les Noëls. Les cousins chantaient les noms de Franco et du petit roi de Jordanie comme s'il y avait un courage particulier à les braver un jour pareil dans la salle à manger familiale d'un pavillon de province, se donnant les airs clandestins et complices qu'ils avaient vus aux personnages de la Résistance le mardi soir aux *Dossiers de l'écran*.

Quelqu'un, le Fils sans doute, mais je ne me suis pas retournée pour voir, a allumé une lampe. L'instant d'avant, nous pouvions encore faire semblant que l'après-midi nous appartenait et n'aurait pas de fin. C'étaient les mêmes heures que le matin pendant que je m'affairais en cuisine, les mêmes heures que lorsque nous étions attablés dévorés par un plaisir sans retenue, c'était Noël encore, le plaisir de dire les mots qui nous passaient par la tête, de manger dans une vaisselle et un décor qui n'étaient pas ceux de tous les jours, la joie de jouer à nous aimer, mais cette lampe nous a réveillés. Je me suis levée sans dire un mot, j'ai contourné la table et j'ai pressé l'interrupteur pour l'éteindre.

1983

Je revois juillet, la façon qu'avait le soleil de blanchir les villages. À la sortie des pâtisseries, des femmes âgées claudiquaient sur le trottoir, on aurait toujours dit qu'elles avaient une jambe trop courte. Elles étaient pareilles à des rochers lessivés par la mer, l'usure avait tout pris, les rires qu'elles avaient au départ, les caresses qu'elles prodiguaient jadis, l'envie de gaieté et de chansons, de sentir sous leurs jupes la fraîcheur du vent. Elles duraient. Elles n'avaient plus que ça à faire, durer envers et contre tout, quitte à marcher en canard dans les rues des villages. Et je trouvais ça beau.

Je connaissais par cœur les lieux-dits. Les Quarts, Haut-Ville-Pays, Café-Brûlé qui pendant la guerre marquait le point de passage de la ligne de démarcation. Je roulais vitres ouvertes, à toute vitesse pour chercher le vertige.

Maman, assise à l'avant, côté passager, a fait cette remarque, je ne sais plus à quel sujet : *C'est dans l'ordre des choses*. Cela m'a irritée : *Quelles choses ? Il n'y a plus ni ordre ni choses.*

Nous avons déplié les tables et les chaises de camping. Solange a sorti un clafoutis. Les autres apporteraient une salade de riz et un gâteau au yaourt.

Bernard, arrivé à l'avance, avait surpris la rivière dans la couleur de menthe et de lait que lui avait laissée l'aube, pendant que les arbres balançaient doucement leur tête, et il avait entendu les premières voitures déchirer le silence tout là-bas sur la route.

Quelqu'un a demandé : *On n'a pas oublié le pain ? Qui devait s'en occuper ?*

Chantal et Jean-Marc sont arrivés sur le tard à cause du magasin. Celui-ci ne désemplissait pas, à la pleine saison les touristes débarquaient dans la vallée par autocars entiers.

Il y avait les phrases. Je les ai à l'oreille. Elles surgissaient sans prévenir.

– *Attention à pas prendre froid.*

– *Il y a du vent.*

– *Il ne fait pas si bon à l'ombre.*

Nous avons parlé de Roland-Garros. Bernard a dit : *Oui, Français, si on veut,* au sujet de Yannick Noah et au fond il avait raison. On pouvait être à la fois Français et Américain, disons comme Joe Dassin et Jeane Manson, mais Africain et Français, quelque chose boitait, l'échange était inégal. On avait beau dire, on ne pouvait s'empêcher de penser que ça cachait quelque chose.

Jean-Marc a parlé de son travail de photographe : *On peut être commerçant sans renoncer à une ambition artistique. Moi, par exemple, cela fait huit ans qu'on a le magasin et huit ans que je me refuse à faire des photos de mariage.*

Il se laissait aller à de grands gestes, très amples, penché dans notre direction depuis son pliant comme depuis une tribune, l'air de craindre de perdre son auditoire. Dans la minute qui allait suivre, je le savais, il conclurait par : *Je suis bien placé pour le savoir*, mais avant d'en arriver là, il s'accordait un délai supplémentaire en allant chercher de nouvelles phrases. Le ton non pas d'un professeur, mais d'un bon camarade que sa générosité poussait à partager ses avis plutôt que de les garder pour lui.

– Moi, je veux m'en tenir au portrait. Il suffit de vouloir. Sinon, on renonce à toute exigence. Le portrait, tu comprends, va chercher chez quelqu'un ce qui le révèle à lui-même.

Il a marqué une pause, comme surpris par cette phrase qui lui était venue toute seule, puis, satisfait, l'a répétée : *Aller chercher chez quelqu'un ce qui le révèle à lui-même*. Pour un peu, il aurait claqué sa langue contre son palais.

Après déjeuner, Solange et Maman ont énuméré les avis nécrologiques repérés au cours de la semaine dans les pages du quotidien local. Le journal était toujours plein de noms qu'on croyait oubliés. *C'était bien le fils X, ceux qui habitaient dans le haut de la rue* ? Je me suis dit : *Un jour, plus personne ne lira le journal et n'y consultera la liste des morts, comme si cela n'avait plus d'importance que les gens aient ou non existé.*

Je me suis allongée dans l'herbe. Des taches dansaient devant mes yeux. Ma nuque baignait dans la fraîcheur. Le mari de Solange écoutait le Tour de France en sourdine. Des noms me parvenaient, Joaquim Agostinho, Jean-René Bernaudeau, Joop Zoetemelk, des noms qui venaient avec l'été, quand la terre se fendait sous la lumière de juillet.

Un cri m'a tirée du sommeil. J'ai tourné la tête en direction de la voiture, la main en visière. Guillaume et le Fils avaient attrapé chacun un pare-chocs, et ils avaient attendu que Bernard, allongé sur la banquette arrière, s'endorme profondément pour secouer l'auto de toutes leurs forces. *Arrêtez ! Arrêtez !* Ils riaient et Bernard avec eux, qui roulait sur la banquette, manquant de tomber entre le rebord et les sièges, tressautant d'un angle à l'autre, il lui échappait des postures de pantin. Bras et jambes se pliaient de façon incroyable. On ne pouvait pas croire qu'à la fin, tout allait se remboîter.

Je me suis rendormie. Au réveil, quelque chose avait changé. C'en était fini du grand blanc qui nous avait laissés tout à l'heure en état de stupeur. Des voitures passaient de nouveau sur la route, le soleil n'éblouissait plus avec la même violence, les hommes se déplaçaient, s'activaient, pensaient à ce qu'ils allaient faire le lendemain, ils avaient des projets et des envies. Il était cinq heures.

Le soir, nous avons fini les restes de midi, les salades et le poulet dans des boîtes en plastique. En amont de la rivière, les ombres creusaient un tunnel parcouru de craquements.

– Tu n'oublies rien ? On revient dimanche, mais tout de même.

– Le saladier, c'est à qui ?

– On revient dimanche s'il fait beau.

Nous avons repris la route. L'air grésillait et la vallée faisait caisse de résonance. Il semblait que l'été n'était jamais davantage l'été qu'un dimanche soir sur cette route tandis que mon corps, pris par la vitesse, se déportait dans les virages.

De retour à la maison, je me suis couchée et j'ai écouté la radio. *Les Choses de la nuit* de Jean-Charles Aschero, les enquêtes du commissaire Joubert. Je ne savais plus à quand remontait l'habitude. Sans doute tenait-elle en partie à la bande sonore du générique, une musique avec des cuivres qui sentait le petit matin, le café serré fumant dans une tasse, les rues de Paris et les cigarettes brunes. Chaque fois qu'elle résonnait, je me disais : *Le commissaire Joubert, s'il enquêtait à mon sujet, il saurait ce qu'il s'est passé ce dimanche-là avec le Fils et Solange. C'est à lui que je devrais demander. Il saurait bien ce que Solange a vraiment vu ce jour-là. Oui, il saura m'aider, je n'ai plus rien à craindre.*

1982

Il y a eu cette journée à la mer. Pourquoi celle-ci plutôt qu'une autre ? Je n'y peux rien, elle a effacé les trois cent soixante-quatre autres jours de l'année 1982. Vitrifiés, carbonisés par le feu roulant de la mémoire. Dans le monde des souvenirs aussi, les plus forts dévorent les plus faibles.

Je presse l'accélérateur pour sentir le rebond de l'engin. Après le sommet d'une côte, il se précipite dans la descente. La route file en ligne droite, un long ruban ondulé, j'accélère, je sens la puissance à l'extrémité de la jambe et la trépidation dans les mains qui empoignent le volant. Au bout de la ligne, il y a l'océan.

Le Fils a eu son bac. J'ai trente-neuf ans. L'air me frappe au visage par la vitre entrouverte. J'ai mis la radio et je fredonne. Le Fils et Guillaume chantonnent avec moi. Je sens l'assise large et puissante de la Ford Ghia achetée neuve un mois plus tôt. Les traits blancs sur les platanes me poussent sans que je sache pourquoi à accélérer davantage.

Quand je suis passée chez Solange chercher Guillaume, nous avons bavardé quelques minutes et elle m'a demandé :

– *Vous partez où en vacances, cette année ?*

– *On retourne en Grèce.*

Quand je lui ai fait cette réponse, elle a regardé dans le vide sans rien dire. Je lui ai dit que nous retournions en Grèce, autant lui annoncer que j'achetais un voilier ou allais jouer au casino. La Bretagne, l'Espagne, le Midi, oui, mais la Grèce, c'est comme si je la quittais pour de bon et la laissais seule avec sa vie au fond de son pavillon.

Nous sommes arrivés avant midi à la station balnéaire et nous avons déjeuné sur la jetée. Les plats s'entassaient déjà sur le comptoir avant d'être débarrassés pour la plonge, remplis de carapaces et de têtes de crevettes dans des restes de sauce d'un jaune rosé. Les bouteilles de gros-plant s'alignaient. On parlait anglais et allemand aux tables.

La station datait du Second Empire, je l'avais lu la veille dans un guide. Il restait de l'époque des villas hérissées de clochetons, des vitraux colorés aux fenêtres. Des familles de banquiers hollandais y passaient jadis leurs vacances. Hollandais ou Anglais. Pour eux ici, c'était déjà le Sud, un ciel épicé, un peu des tropiques. Pour la première fois ils voyaient la mer prise par la violence du soleil.

Avec le temps, l'espace des villas s'était réduit. Des immeubles avaient poussé, balcons en plexiglas orangé, parasols et serviettes mises à sécher, autant de taches de couleur. Les volets des villas restaient clos et on ne savait plus qui habitait là, mais le promeneur qui passait à proximité entendait parfois sonner de l'intérieur le carillon d'un Westminster qui tombait à plat dans le vide de l'après-midi.

J'ai commandé une salade, le Fils et Guillaume de la viande, des frites et des profiteroles. Les profiteroles, ils en avaient eu envie tout de suite en passant devant la vitrine réfrigérée à l'entrée du restaurant, où elles étaient exposées, noyées dans une chantilly en bombe sans goût, juste là pour donner au dessert sa touche riche et gourmande.

Ils avalaient. Je me suis souvenu des livres qu'ils partageaient enfants, Arsène Lupin et Rouletabille. Ils avaient dix-huit ans. Guillaume s'enthousiasmait pour les socialistes. Il parlait de *l'homme nouveau qui va surgir*, et répétait : *Un homme qui osera penser, osera parler, osera agir*.

Même quand je fermais obstinément les yeux, serrant les paupières jusqu'à m'en faire mal, un voile orange se formait, le soleil débordait. Je m'étais inspectée tout à l'heure à la dérobée. J'étais mince, tonique. Chaque jour en semaine, j'avais pris l'habitude d'aller déjeuner au complexe nautique de l'autre côté du fleuve, à cinq minutes du bureau.

Le Fils et Guillaume se sont trempés dans l'océan. Tremper, c'est le mot. Ils n'ont pas plongé, quand le corps attaque l'eau et la soumet à sa toute-puissance, ils n'ont pas fendu les vagues avec le tranchant des crawleurs expérimentés. Tremper comme on trempe une tartine dans un liquide au fond d'un bol. Leur corps était mou et inerte.

Je préférais ça. Je n'aurais pas voulu d'un Fils qui ait le corps des garçons de la piscine, peau tendue sur la cuirasse du torse. J'en aurais été gênée, je n'aurais pas su quoi en faire, je veux dire comment le regarder. Son odeur et sa brusquerie m'auraient fait peur. Même habillé, il aurait été nu et je me serais sentie obligée de détourner les yeux.

Quand le bleu du ciel s'en est allé et qu'il est resté une clarté imprécise, nous avons quitté la plage pour reprendre la route. L'horloge de la voiture indiquait cinq heures. Nous avons fini par rattraper le fleuve, filant en surplomb de plages aux reflets d'or. Des îles émergeaient, et parce que c'était l'été, les corps, le sable, on avait vite fait de s'imaginer dans *L'Île au trésor* mais il en allait tout autrement l'hiver. L'hiver, les îles inspiraient l'inquiétude et la mélancolie. Sous la pluie, les bourgs le long du fleuve avaient l'air de ports perdus.

Une pression de la pointe du pied, et la vitesse m'a aspirée. J'ai écouté la motorisation puissante et neuve, et je me suis sentie comme *Caroline chérie* dont la télévision repassait la série cet été-là, une femme qui n'avait besoin de personne.

1981

Lors du premier voyage en Grèce, je me souviens m'être demandé ce que j'allais répondre à mon retour quand on me questionnerait : *Qu'est-ce que ça t'a fait d'être là-bas ?* Je n'allais pas savoir quoi dire. J'allais pouvoir parler du vrombissement des camions de l'autre côté de la route, du bruit d'une perceuse sur un chantier proche, un bruit qui tournait sur lui-même, sans accroc, une rumeur circulaire, j'allais pouvoir parler du pépiement des oiseaux, des insectes qui pris de frénésie se précipitaient à la même seconde dans la même danse comme s'ils obéissaient à une injonction mystérieuse, d'une touriste qui dans les travées du théâtre hélait son mari : *Minou* et puisqu'il restait sans répondre, insistait : *Minou, à quelle heure repartons-nous ?* sans vouloir trop insister tout de même. Mais quand on m'interrogerait : *Qu'as-tu vu, toi, à Épidaure ?* rien ne me viendrait à l'esprit.

J'avais trente-huit ans, je contemplais Épidaure, Bernard filmait avec sa caméra Super8. Nous avions traversé la France à l'oblique puis l'Italie de bout en bout, les kilomètres sans limite tandis qu'autour de nous les glissières de sécurité traçaient un seul et interminable fil d'argent. J'aimais les stations-service, le pain gras et mou des sandwichs triangle et la mayonnaise doucereuse dont il était enduit, la tarte aux fruits qui avait conservé la température de la vitrine réfrigérée et dont les fruits sans goût semblaient fabriqués dans une gelée qui aurait pu servir à n'importe quoi d'autre.

Encore aujourd'hui, c'est ce que je voudrais toujours, filer sans fin dans le flot des voitures, de station en station, comme de campement en campement, sans nulle part où aller, attraper une bretelle d'autoroute menant à une autre autoroute, sans plus jamais sortir de l'entrelacs de bitume. Le monde se réduirait à ça. Manger, dormir, parcourir des milliers de kilomètres sans jamais revenir au monde extérieur. On trouve toujours un panneau à suivre. Les routes de campagne, nous pouvons nous y aventurer au hasard, il vient un moment où la réalité nous rattrape, elles finissent en cul-de-sac ou bien un carrefour oblige à choisir, à droite, à gauche, et le choix est irrémédiable. Mais l'autoroute est là, sans limite sur laquelle buter, tout communique, à la façon des vaisseaux sanguins sous la peau.

Il n'a jamais vraiment fait nuit le temps que nous avons traversé l'Italie. Trop d'étoiles, avec les phares des voitures, les villes et leurs immeubles luminescents, il restait au ciel un halo permanent. Avant Brindisi, j'ai poussé les rapports jusqu'à l'extrême limite, à en faire trembler la voiture. On aurait cru que les portières se détachaient et le capot explosait.

J'ai acheté des pêches, le sac en papier est posé à mes pieds près du bloc plastique du levier de vitesse. J'ai fermé les yeux et j'ai revu le visage de Valéry Giscard d'Estaing, des diamants sur les yeux comme des paupières cousues. Je l'ai revu lui, puis les quatre ministres communistes sur les marches de Matignon, leur étrangeté un peu monstrueuse. Il fallait voir les cousins le jour de l'anniversaire du Fils en juillet. Ils se croyaient au Chili ou quelque chose du genre. Solange a voté Mitterrand, son mari aussi, et Jean-Philippe et Chantal et Jean-Marc. Les socialistes chantaient. *C'est aujourd'hui que l'avenir s'invente/Changeons la vie ici et maintenant/Prendre la parole/Décider nous-mêmes/Libérer nos vies des chaînes de l'argent/Faire du bonheur notre monnaie courante/Maîtriser la science et dominer le temps/France socialiste, puisque tu existes/Tout devient possible ici et maintenant.*

Nous avons fait halte sur un parking en bord de mer. Bernard s'est endormi. J'ai laissé venir à moi le silence et la nuit.

Des bateaux en partance traçaient leur route dans l'obscurité. Au bout de leur trajectoire, ce devait être l'Orient. Quand on parlait de l'Orient à la télévision, le Liban, les Palestiniens, Gemayel, le FPLP, le FPLP-Commandement général, Nayef Hawatmeh, je ne pouvais m'empêcher de me sentir mal à l'aise. Comme lorsque le hasard nous met en présence d'un animal dont la forme de vie est sans rapport avec la nôtre, un reptile, un insecte, ou bien un de ces animaux étranges dont on ne distingue pas la tête des pattes, qui peuplent les abysses des océans.

Tête appuyée sur le dossier, j'ai laissé monter en moi une sensation indéfinissable, déjà éprouvée par le passé mais quand ? Les dimanches après-midi au bord de l'eau, sans doute. Les dimanches aussi où nous montions au jardin avec papa. Sous notre tonnelle, je pouvais croire que nous formions une famille pour de vrai. Le reste du temps, il me semblait que les vraies familles, c'étaient toujours les autres, celles que je voyais passer sur le quai à l'heure de la promenade. De façon générale, tous les autres en dehors de nous paraissaient toujours plus légers et joyeux. Pour eux la vie coulait facile, *une vie passée les mains dans les poches*, m'étais-je fait la remarque un jour que je les guettais à travers les feuillages. Nous, j'avais l'impression que nous faisions semblant. Comme des acteurs payés pour jouer un rôle en attendant de quitter la scène et de regagner la vie réelle. Maman n'était pas ma mère, ni papa mon père, ni Solange ma sœur. Ils étaient des comédiens qu'on avait recrutés et à la fin du jour, ils allaient se démaquiller, endosser leurs vrais habits et dans un ouf de soulagement, tout attendris, retrouver leur mari, leur épouse ou leur sœur, quelque part à l'autre bout de la ville.

J'appelais maman dès que la possibilité m'en était offerte, c'est-à-dire quand j'apercevais une cabine dans la traversée d'un village. Solange allait l'inviter dimanche à déjeuner. Le mari de Solange irait la chercher en voiture, elle refuserait de rester dîner et sitôt son café avalé, jetterait un œil à sa montre : *Je ne vais pas tarder* comme si quelque chose ou quelqu'un l'attendait un dimanche d'août dans sa maison remplie d'ombres.

Quand maman et moi rendions visite à Solange, elle était mue par le même réflexe, le coup d'œil à la montre. La dernière fois, j'avais eu envie de crier : *Quelle importance l'heure qu'il est, au point où tu en es, rien ne changera plus dans ta vie que la mort.*

Coincée dans l'étroitesse d'une cabine, je ressentais son impatience à des milliers de kilomètres, tandis que la chaleur faisait ressortir jusqu'à l'écœurement les relents de plastique du combiné. J'avais préparé un tas de piécettes sur l'étagère où s'empilaient des annuaires lacérés, et je prenais le temps de les recompter soigneusement. Je composais le numéro et j'attendais. Dans l'écouteur, quelque chose se décrochait et se rompait. Je percevais un souffle. Puis, la voix de maman, métallique et pincée.

Derrière la vitre barbouillée de graffitis m'apparaissait l'éclat de la mer ou bien une barre d'immeubles chauffée à blanc par le soleil. Tandis qu'elle parlait, j'éloignais le combiné de mon oreille et le maintenais à plusieurs centimètres de mon visage. Je le scrutais comme un animal sauvage que j'aurais tenu en respect, fascinée par sa puissance et sa dangerosité, en même temps que je me sentais à l'abri. Je me disais : *Comme si j'observais un serpent à travers une vitre.*

1980

Il me semble que l'année 1980 est celle où je me suis tenue le plus à distance de la maison du quartier du fleuve et de son passé. J'avais atteint le bout du bout, et désormais, à moins de demeurer tout à fait immobile et de suspendre tout battement de cœur, tout mouvement me ramènerait inexorablement en arrière. C'est cela : il aurait fallu tout arrêter. Dire : *Voilà, c'est parfait, ne touchons plus à rien*. Ma vie avait atteint une telle consistance, elle était devenue si compacte et si résistante, que le passé ne pouvait plus l'entamer.

L'été qui allait suivre, nous allions partir en vacances en Grèce. Je portais un pantalon pattes d'éléphant, un chemisier à rayures, de grosses lunettes aux verres carrés que je remontais sur le front. Je marchais d'un pas rapide dans les rues. J'avais trente-sept ans.

Je me rappelais les débuts de mes collègues au travail. Assises devant leur Olympia casque sur la tête, elles glissaient un carbone entre deux feuilles de papier et laissaient aller leurs doigts pour taper en rafale, heureuses et libres.

Elles étaient là, maintenant, quinze ans plus tard, pantalons à la mode, pulls de couleur, le coiffeur une fois par mois. Elles possédaient une maison avec jardin, un mari, des enfants. Les résultats de Roland-Garros alimentaient leurs conversations et le lundi, les écrivains vus à *Apostrophes* le vendredi soir. Sans doute ne comprenaient-elles pas tout ce qui se disait durant l'émission, si on les avait interrogées elles se seraient montrées incapables de le reformuler, et j'étais comme elles. Et pourtant, l'intelligence qui s'était exprimée, nous en gardions la marque. Comme lorsqu'un rayon lumineux se trouve dévié de sa trajectoire en traversant l'atmosphère d'une chambre ou d'un salon. Nous ne savions pas dire pourquoi, après avoir assisté une heure durant à ces bavardages noyés dans la fumée de cigarette, nous nous sentions meilleures que nous l'étions.

Je m'appliquais. J'aimais le travail bien fait. Cela n'avait rien à voir avec l'envie de me faire bien voir ou pas tout à fait. Cela tenait plutôt du jeu, un jeu que je m'étais inventé. Chaque fois que le directeur exprimait sa satisfaction, je marquais un point. J'étais la seule et unique joueuse, c'était mon jeu à moi.

On me respectait. J'étais celle qu'on consultait en cas de doute, quel agent général prévenir pour telle affaire, le mode d'emploi du nouveau photocopieur, lequel donnait des photocopies d'une qualité incomparable avec le précédent, et tellement plus rapide, mais dont personne ne comprenait rien au fonctionnement. Il y avait toujours quelqu'un pour dire : *Elle doit bien savoir, je vais lui demander*.

À bien y réfléchir, tout de même, il y avait le corps du Fils. Je dis *tout de même* parce que c'était un problème. Jusqu'alors, il n'avait pas de corps, ou pas plus de corps qu'une poupée ou un chat. Mais depuis cet été-là, l'été 1980, je sentais sa présence et sa densité. Le poil sur les jambes quand il se mettait en short. Une impression de saleté. Ce n'était pas tout à fait cela mais cela s'en approchait. Et j'en avais honte. Pour préciser : j'avais honte à l'idée que quelqu'un le surprenne dans cet état et si mes yeux tombaient dessus, je les détournais et l'envie me prenait de crier : *Va mettre un pantalon !*

Il se tenait dans son fauteuil, jambes écartées, ventre en avant, riant aux plaisanteries de Bernard, sa chair tressautait et il y avait ces poils qui n'allaient plus cesser de s'allonger et d'épaissir, et pour couronner le tout, cette voix mal calée qui faisait mal à entendre.

Ce corps seize ans plus tôt avait poussé à l'intérieur de mon abdomen comme une plante qui après avoir déroulé ses racines, les avait enfoncées au plus profond. Après quoi, lovée dans les replis de la chair, elle m'avait dévorée du dedans. Une plante ou une bête, un ver parasite qui se contractait et se relâchait en rampant, pour à la fin me glisser entre les cuisses. Je me souvenais parfaitement, je l'avais expulsé en me retournant de l'intérieur dans un bruit de glaires, avec une violence dont je ne me pensais pas capable, comme s'il y allait de ma vie. Et il y allait de ma vie. Je connais bien sûr l'expression *la chair de ma chair*. Mais le Fils, ce n'était pas ça. Il était un corps étranger qu'il fallait m'arracher, faute de quoi j'allais y passer. Et quand il a fini par sortir et qu'on l'a détaché, cela a continué : c'était lui ou moi.

Quand ils riaient bêtement, si contents d'eux, je les laissais seuls, Bernard et lui et je m'enfermais dans la salle de bains. Je déboutonnais mon chemisier et dans le miroir, j'observais mon ventre comme si je pouvais encore y sentir la présence du Fils.

Le soleil par le verre cathédrale de la fenêtre donnait en plein dessus. La pièce sentait l'eau de Cologne et une odeur plus tenace, l'odeur aigrelette que dégage un t-shirt au sortir de la machine à la seconde où on presse dessus le fer à repasser.

Je passais mes mains, enfonçais les doigts, faisais rouler la peau. Je pressais jusqu'à m'en faire mal. Maman avait dû faire la même chose après que j'étais née, les semaines qui avaient suivi la mort de Michèle.

Dans ces moments, je me disais que j'aurais dû aller jusqu'au bout quinze années plus tôt. J'aurais dû laisser faire mes mains et serrer à la gorge.

1979

Bernard entre dans le salon : *Mais, tu vas rester assise sur ton canapé tout le week-end ?* Il a une voix moqueuse. Il balance la tête, bouche grande ouverte, on ne voit que ses dents.

Il interrompt le fil des images mais ce n'est pas grave. Au point où j'en suis, je peux mettre sur *pause* le temps nécessaire, je reprendrai exactement où j'en étais restée aussitôt qu'à nouveau je serai seule. D'ailleurs, sans attendre de réponse, il soupire : *Ah, la, la !* traverse le salon, reste une seconde en arrêt, tourne la tête dans ma direction : *C'est ce déménagement au bureau qui te tourneboule ? Je ne vois pas pourquoi ça te préoccupe vu le nombre d'années qui te restent à faire. Tu y es entrée à dix-neuf ans, tu en as soixante-trois, tu n'en as pas marre ?* et disparaît dans la cuisine. Je l'entends qui se prépare un café, mais il n'est déjà plus là. Juste une phrase, la dernière : *Tu te souviens que c'est dimanche et que ta sœur vient cet après-midi, tout de même ?*

Je l'ai déjà dit, c'est l'image qui me revient depuis que j'ai entrepris de me souvenir : le fleuve et ses vagues. Le temps n'est pas étanche et nous avons beau le débiter en différentes époques, la mémoire s'infiltre, ou bien elle déborde. Les souvenirs suintent, une pénétration lente et furtive qui se remarque à peine, si ce n'est quelques taches. Lorsque nous nous avançons dans le fleuve, nous croyons avoir affaire à une surface plane et paisible, mais si nous prenons la peine de regarder pour de bon, là, quelque part en dessous, l'eau se déplace sans que son mouvement se laisse deviner, du moins au premier coup d'œil, et nous avons beau nous tenir près du bord, elle vient de très loin s'enrouler autour de nos cuisses. De bien plus loin que l'horizon. Elle n'a rien à voir avec l'eau calme qui lèche le sable, sous laquelle elle s'est glissée sans prévenir. C'est une eau glacée passée par les bas-fonds les plus monstrueux.

J'ai tenté tout à l'heure de me remémorer l'année 1979 mais rien n'est venu. 1979 est une année qui n'a servi à rien. Les jours ont glissé, s'entraînant entre eux dans leur chute sans heurt ni élan. L'aîné de Solange, Jean-Philippe, a travaillé comme moniteur dans une colonie de vacances. Jean-Marc, le mari de la Cousine aux paupières peintes, a annoncé qu'il allait renouveler le métier de photographe. Les Japonais allaient devenir les maîtres du monde, c'était écrit dans les magazines. Le mari de Solange est parti en préretraite. Maman a répété : *C'est voulu, tout ça*. Une seule saison s'est prolongée de janvier à décembre.

Le seul événement notable a été cette journée, je crois bien que c'était en mars, où sans que je l'aie voulu, parce que j'avais un peu de temps devant moi et que le hasard a fait qu'on ne me dérange pas, j'ai tenté de reconstituer en pensée, minute par minute, ce qui s'était vraiment passé avec le Fils. De sorte que le seul événement de l'année 1979 a été le souvenir d'une journée d'août 1965.

C'était un dimanche, là-dessus aucun doute. C'est même la seule chose dont je me souvienne avec certitude et que je pourrais jurer sous serment devant un juge.

J'avais posé le berceau sur la table de la cuisine. Je dis *la cuisine* bien que cet espace où maman préparait les repas tienne plutôt du couloir, un étroit passage presque hermétiquement clos, communiquant entre le salon et la porte vitrée donnant sur la cour.

Le volet de la porte était à demi clos. La pièce sentait encore l'odeur du déjeuner, l'odeur rissolée du beurre quand on le laisse noircir au fond d'une poêle. Je ne sais plus ce qu'avait préparé maman, un plat à feu vif et coloré en tout cas, qui croustillait sous la dent parce que c'était dimanche. Elle ne suivait jamais de recette, malgré le livre conservé dans le tiroir du buffet avec sa *terrine Poujarski* et sa *salade Carlotta,* mais elle avait l'habitude de laisser accrocher la viande exprès au fond du faitout pour avoir le loisir de racler les parois, ce qui disait-elle, *rajoutait du goût.* À bien y réfléchir, c'est au final la seule note de fantaisie que je lui aurai connue, l'unique faiblesse qu'elle ait jamais manifestée vis-à-vis du plaisir, cet excès dans la cuisson qui faisait se caraméliser les sucs jusqu'à ce que noircisse la sève de la viande, et qu'elle puisse la gratter comme on gratte un supplément de jouissance qui au départ, ne nous était pas dû.

Le Fils se tenait allongé sur le dos. Il me regardait. Deux yeux comme deux sphères obscures et humides. J'étais penchée au-dessus de lui sans pouvoir m'en détacher. La seule clarté provenait de l'entrebâillement du volet, et elle était d'autant plus faible qu'à cette heure-là, le soleil ne donnait pas côté cour.

La maison était vide. Pas un bruit ni dans la rue ni dans le reste de l'immeuble. Papa était monté au jardin et Bernard était parti marcher seul le long du fleuve. Maman aussi était sortie. Elle prenait le café chez une voisine.

Le Fils restait muet. Il était âgé d'à peine un an. J'ai murmuré : *Si tu savais tous ces dimanches après-midi où je suis restée seule dans ma chambre à pleurer. Et ton père qui faisait semblant de ne rien voir.*

J'ai fait un geste. Ou plutôt le geste est parti tout seul. Ma main s'est rapprochée du visage. Le Fils ne me quittait pas des yeux. D'abord, le mouvement l'a surpris et sa tête s'est renversée. Puis, j'ai lu de la peur, une convulsion instinctive.

J'ai laissé ma main près du visage et j'ai parcouru du regard la cuisine, la bouteille de soda d'un jaune trop jaune, l'évier rincé avec soin. J'ai pris mon temps, comme pour vérifier que tout était là, bien réel, j'aurais pu toucher du doigt la bouteille, l'évier, me raccrocher à la dureté des matériaux et aux angles coupants, je n'inventais rien, je ne me trompais pas. Et si la bouteille existait, si l'évier existait, et la porte vitrée derrière laquelle se pressait la lumière, le reste alors aussi, la sœur morte, les lunettes à monture d'écaille, le regard qui ne me lâchait pas, ce rébus dont j'étais condamnée à résoudre l'énigme.

J'ai rapproché la main du visage.

La porte du salon s'est ouverte.

Solange se tenait dans l'encadrement. Au lieu de continuer à avancer, elle s'est raidie, tête en arrière comme si on l'avait percutée en plein visage. J'aurais presque pu entendre le son mat d'une gifle à la seconde où la paume heurte la chair.

Son regard s'est porté sur le Fils, puis de nouveau dans ma direction, avant de revenir au Fils et j'ai cru qu'elle n'allait plus cesser, ses yeux lancés à toute allure.

Elle a fini par dire : *Je passais porter la robe que m'a demandée maman.*

Elle aurait pu enchaîner, au lieu de quoi elle a laissé sa phrase en suspens. Parce qu'ainsi, elle me contraignait à réagir et les premiers mots que je prononcerais lui diraient si elle avait raison. Elle paraissait encore pleine d'espoir à cette seconde. Elle semblait penser : *Non, je me trompe, c'est absurde, ce n'est pas ça, je ne vois pas ce que je vois, je vais la laisser parler, l'obliger à dire quelque chose, la première phrase qui lui viendra suffira à tout éclaircir.*

Mais je n'ai rien dit. Et nous sommes restées toutes les deux silence contre silence, à voir qui serait la plus forte à ce jeu.

J'ai gagné. Je le savais. Je pourrais me mesurer à n'importe qui, personne ne peut m'atteindre dans ces moments-là.

Elle a recommencé à parler et elle n'a plus arrêté : *J'ai fait l'ourlet comme elle me l'a demandé. Et elle devait me passer quelque chose à repriser. Un chemisier, il a un accroc.* Cela n'en finissait plus, elle parlait de plus en plus vite : *Le chemisier, l'accroc, tu vois bien lequel, son chemisier rayé, elle t'en a parlé, non ? Celui que je lui ai offert à Noël.*

Elle s'est retenue d'une main au chambranle.

J'ai cru comprendre à cet instant qu'elle allait faire semblant de n'avoir rien vu mais je n'ai pas voulu courir de risque alors je suis restée sans bouger, penchée sur le berceau. Dans le contre-jour où j'apparaissais, elle ne devait discerner qu'une forme aux contours imprécis mais elle, le filet de clarté qui pénétrait par le volet entrebâillé, l'atteignait en pleine figure. Un trait lumineux, à la verticale, de la gorge au front, aussi net et rectiligne qu'un coup de lame.

Elle a fini par comprendre que l'unique moyen pour me débusquer était de me poser une question.

Elle a dit : *Qu'est-ce que tu fais ?*

Ce n'était pas un *qu'est-ce que tu fais* adressé à quelqu'un chez lequel on arrive et qu'on interroge par politesse, sans rien avoir à faire au fond de la réponse : *Qu'es-tu en train de faire ? Es-tu occupée ? Peut-être je te dérange ?* Non, son *qu'est-ce que tu fais* était celui qu'on adresse à un enfant pris en faute. Il n'y avait pas de point d'interrogation au bout.

J'ai dit : *rien*. Elle me parlait comme à une enfant, alors je répondais comme une enfant. J'ai fait ce qu'elle attendait de moi parce que c'était la meilleure façon de gagner du temps. Je n'ai pas dit : *Je m'occupe du Fils avant d'aller me reposer, maman est partie chez la voisine, tu peux prendre un café, laisse la robe dans un fauteuil, maman la trouvera à son retour, allons voir dans la chambre si son chemisier est là, elle ne va pas tarder de toute façon, reste un peu, tu as le temps, je vais préparer un café ou un thé, comme tu préfères*. Je me suis contentée d'un *rien* sur un ton de petite fille qui ne veut pas qu'on l'embête.

Solange a demandé : *Où est maman ?*

Je n'ai pas eu le temps de réagir. Elle s'est précipitée sur le Fils. *Comment va-t-il le petit bout de chou ?* Entre la porte et le berceau, elle a couru à une telle vitesse qu'elle a dû avoir peur d'arriver sur lui trop brusquement, alors elle a ralenti à la dernière minute.

Elle m'est passée devant et a soulevé le Fils pour le prendre dans ses bras, avant de s'asseoir sur une chaise. Elle est restée à le bercer, minaudant, affectant un air niais. Cela a duré un bon moment durant lequel je suis restée à ma place, bras ballants. Puis elle a paru se rappeler ma présence. Elle a levé les yeux et m'a souri.

Je n'ai pas su quoi faire de son sourire. Était-ce pour me dire : *Rassure-toi, je suis intervenue à temps, je t'ai sauvée, tu n'as pas pu aller au bout de ce que tu t'apprêtais à faire* ou bien est-ce qu'elle me narguait ? C'était peut-être ça, car son regard jetait comme un défi.

Ou bien encore, je n'avais rien à voir avec ce sourire, Solange souriait parce qu'elle était tout simplement heureuse de tenir le Fils dans ses bras, c'était une histoire entre elle et lui.

J'ai cherché ce que je pouvais bien dire pour enchaîner au sujet du Fils, un détail sur sa santé, sa croissance, une de ces anecdotes que racontent les jeunes mères, qui transforment la péripétie la plus médiocre en chanson de geste, il suffit d'y mettre le ton. Mais j'étais trop lasse. À cette seconde, j'aurais voulu les laisser seuls dans la cuisine le Fils et elle, et aller m'allonger dans ma chambre. Ne plus rien dire, ne plus rien attendre, me laisser flotter dans la mollesse de l'après-midi tandis qu'au-dehors, août dévorait la ville. Puis, j'aurais pris une douche, j'aurais laissé l'eau savonneuse caresser ma peau et tout emporter avec elle en douceur, après quoi je serais réapparue, j'aurais retrouvé Solange et le Fils dans la même posture, Solange sur sa chaise, le Fils dans ses bras, et nous aurions commencé à papoter gaiement, en nous réjouissant que ce soit l'été, que l'air soit si pur et la lumière si vive.

Elle a imprimé un mouvement de balancier plus marqué. Depuis le début, le Fils n'avait pas laissé échapper un son. Elle, elle répétait : *Le petit bout de chou, le petit bout de chou,* avec l'air de mâchonner les syllabes et de les retourner dans sa bouche comme on le fait d'une confiserie.

Je ne sais plus ce que j'ai vu ce dimanche-là. Le temps écoulé, plus de quarante années, n'est pas le seul responsable parce que l'après-midi même, si l'on m'avait interrogée, je n'aurais été sûre de rien. Une seule personne pourrait mettre un terme à l'incertitude, et bien sûr, il n'est pas possible que je lui pose franchement la question. Pas après toutes ces années.

Je ne sais plus ce que j'ai fait ou ce que j'ai voulu faire. Ni si j'ai voulu faire quelque chose. Peut-être est-ce Solange, sans raison réelle, surprise de nous trouver dans l'obscurité d'une cuisine qu'elle croyait vide, qui s'est méprise. Une idée absurde lui est passée par la tête comme il nous arrive à tous. La seconde d'après, nous haussons les épaules et nous murmurons : *C'est vraiment absurde, qu'est-ce qui m'arrive d'avoir des idées pareilles ?* Les deux mains qui se placent autour du cou et qui serrent. Elle a jeté un regard affolé.

Peut-être est-ce moi qui me suis trompée. J'ai cru lire de la surprise dans son regard quand Solange m'est apparue dans l'encadrement de la porte du salon, mais cette surprise n'a jamais existé que dans mon imagination. Une ombre a pu aiguiser une expression qui sous un autre jour, aurait paru banale, un pli plus creusé dans le visage, les pommettes qui sous un angle particulier, percent la peau.

Un mouvement de surprise lui a échappé. Ou peut-être pas. Elle n'a rien vu ou elle n'a rien cru voir. Son sursaut, la façon qu'elle a eue de se raccrocher au chambranle, n'était peut-être qu'un réflexe comme on en a tous les jours parce qu'une porte claque ou qu'on manque de heurter quelqu'un au coin de la rue. Je me suis dit : *Peut-être n'a-t-elle rien vu. Il y a autant de chance qu'elle n'ait rien vu, qu'elle ait vu quelque chose, les deux probabilités s'équivalent.*

Cette pensée m'a délivrée, puis presque aussitôt, une autre m'a percutée : *Ce n'est pas parce qu'elle n'a rien vu qu'il n'y avait rien à voir. Ce n'est pas parce qu'elle ne s'est aperçue de rien que je ne suis pas coupable.*

Solange et moi n'avons jamais reparlé de cet après-midi-là.

6
LE RÊVE EST RAISONNABLE

1978

Solange passe l'après-midi à la maison avec son mari et nous sortons marcher dans les chemins. Nous sommes dimanche. Je reprends le travail demain. J'aurai jusqu'au soir pour finir de ranger mes dernières affaires. Il est prévu d'aller faire un tour à l'heure du déjeuner dans les nouveaux bureaux, histoire de voir encore une fois à quoi cela va ressembler.

Il a plu, l'air et la terre dégorgent d'eau. Au retour, je prépare un café, Bernard a allumé un feu, je dispose des plaids pour nous réchauffer.

Le téléviseur est resté allumé sur une chaîne d'information et un bandeau défile en bas de l'écran : *L'Insee annonce une croissance nulle au troisième trimestre 2006*. Je dis : *Coupons ça* et je demande à Solange de me passer la télécommande rangée dans un des tiroirs sous le poste. Elle l'ouvre, farfouille : *Tu as gardé ça ?* Dans le tiroir, je finis par les oublier à force de les avoir sous les yeux chaque fois que je range la télécommande, s'entassent une vingtaine de cartes postales. La plupart, c'est moi qui les ai envoyées à maman et je les ai récupérées quand après sa mort, avec Solange nous avons mis de l'ordre dans la maison du quartier du fleuve.

Des bords de mer, des bateaux de pêche, des forteresses perchées au sommet d'un pic, de petites rues en pente avec des géraniums sur les pas-de-porte. Des plantes comme on n'en voit pas chez nous, aux éclats vifs, aux pétales gras et charnus, et en général le bleu du ciel fait mal aux yeux.

J'en attrape à pleines mains et après les avoir disposées sur le canapé, je les retourne une par une. L'écriture, précise et un peu scolaire, n'a pas changé. Chaque fois, je commence de la même façon : *Un petit mot pour te dire…* comme si j'avais peur de déranger.

Solange en a ramassé quelques-unes elle aussi et elle a commencé à lire au dos.

– *Tu les as gardées ? Pour quoi faire ?*

– *Je ne sais pas. Pour rien.*

Les mots se répètent d'année en année. La carte la plus ancienne doit remonter à la fin des années 1960 et la plus récente, postée de Grèce, date du milieu des années 1980. *Bon souvenir de. Nous pensons bien à toi. Soleil et baignade sont au rendez-vous. Pensées affectueuses. Je profite d'un petit moment de repos pour.* Solange remarque : *C'est drôle, toutes ces phrases, si on les mettait bout à bout, on a l'impression que ça raconterait une histoire.*

Sur les coussins du canapé, les rectangles composent un kaléidoscope de bleus et de verts saturés. Quelques-unes des cartes, leurs coins sont usés, elles présentent des pliures ou de légères rayures, ou bien le timbre est à demi décollé. Je ne saurais dire pourquoi je ne les ai pas jetées mais j'ai bien fait, parce qu'il me semble que si je scrute les mots inscrits au stylo, non pas ce qu'ils veulent dire, mais la forme même des lettres, et si je laisse aller mon regard sur ces paysages de pacotille légendés : *Costa del Sol, rue typique, Benidorm soleil couchant dans le port, San Sebastián, parc d'attractions d'Igueldo*, sur ces plages, ces îles, ces fleurs, ces jardins, ces ports d'un brillant glacé, un détail me donnera signe de vie. Il suffira que je patiente. Quelque part, dans un coin, derrière un parasol, sous le chapeau d'une baigneuse, l'image a beau être fabriquée de toutes pièces et les couleurs factices, une petite lueur s'allumera après toutes ces années, une main va s'agiter et les lignes vont bouger. Ce n'est pas possible sinon. Ce n'est pas possible qu'il ne reste pas un peu de chaleur qui batte, ils ont été si fabuleusement heureux ceux qui se trouvaient là dans l'éclat du soleil quand la vie était vive. Ils restent là, dissimulés derrière un pilier, à la fenêtre d'un gratte-ciel, une ombre, un visage, ils m'attendent. Il n'est pas possible que tout cela finisse en un simple rectangle de carton mort.

Quand Solange et son mari repartent, depuis la fenêtre je suis la voiture des yeux. Elle franchit le portail, prend le tournant en épingle à cheveux pour disparaître derrière le rideau de peupliers en contrebas du coteau. La voiture emmène au loin Solange, et avec elle les questions que je ne lui poserai jamais.

Je patiente pour être bien sûre qu'ils ne vont pas rebrousser chemin. Cela n'a pas de sens, je sais, mais j'ai besoin d'être tout à fait certaine, et je calcule dans ma tête : *Dix minutes sont passées, ils sont au carrefour de la grande route.*

Je retourne au canapé et aux cartes postales restées disposées en éventail sur les coussins. Je les scrute à nouveau. Je me rapproche pour observer de plus près l'écriture, penche la carte d'un côté puis de l'autre. Je repense à la phrase de Solange : *On a l'impression que ça raconterait une histoire.* À l'époque, quand je les ai écrites, si je les avais regardées avec attention, qu'est-ce que j'aurais vu ? J'avais entre vingt-sept et trente-sept ans. Est-ce que j'aurais vu qu'un jour, la Cousine aux paupières peintes en viendrait à ramasser des pommes dans la boue avec des immigrés ? Que Jean-Philippe, l'aîné des neveux, divorcerait avec la petite infirmière vingt ans après leur mariage et qu'ils se lanceraient des phrases comme on lance des couteaux ? Que le cousin des jours de Noël, qui arrivait dans son beau col roulé, à son bras une nouvelle petite fiancée, encore tout triomphant de la nuit passée en discothèque, finirait alcoolique, confit dans sa graisse, reclus chez sa mère, la tante qui déformait les mots. Il pesait cent kilos, s'était rasé le crâne, vivait en animal, dans la seule satisfaction de ses besoins vitaux, l'œsophage tapissé de varices.

Cet été-là, 1978, on aurait dit les corps des Allemands et des Hollandais sur la plage faits exprès pour le soleil. Je les remarquais le matin, tandis qu'ils couraient sur leurs jambes de bronze pour se jeter à l'eau tête la première, leur pilosité de pêche, les yeux d'un bleu ou d'un vert qui ne se trouvaient pas en France, et des regards de loup quand ils fendaient les vagues. Ils semblaient faits d'une autre matière que la nôtre.

Puis, je m'allongeais sur le sable et observais le camaïeu des corps, laiteux, cireux, café au lait, caramel, les combinaisons infinies entre les peaux et les couleurs fruitées des maillots. Passé un certain temps, ils perdaient toute rigidité, bras et mains se relâchaient, on sentait qu'on aurait pu les attraper et les secouer, ils seraient restés inertes et désarticulés. Chacun était seul avec soi-même et la chaleur qui pesait. On aurait cru les baigneurs déposés par les vagues au matin, couchés tels que la mer les avait laissés, dans des positions tenant au seul hasard. Les maillots jetaient une note enfantine, c'étaient des roses frais, du vert pomme, des couleurs qu'on ne se serait autorisé pour aucune autre pièce de vêtement le reste de l'année, et par là-dessus s'ajoutait l'infinie variété des chevelures et des pilosités.

Une fin de matinée, alors que je remontais les marches en direction de la promenade et que parvenue au sommet, je bénéficiais d'une vue surélevée, l'alignement des corps était tel, depuis les contreforts de béton qui supportaient la route jusqu'à l'arc de cercle où la mer au gré des vagues avait accumulé ses débris, os de seiche, œufs d'animaux marins, mues, bois morts, méduses échouées, que j'en ai été frappée.

Plusieurs centaines d'hommes, de femmes, de garçons, de filles étaient disposés sur six ou sept rangées. Je me suis dit : *On dirait des corps sur un champ de bataille*. Je me suis vue dire ça à Solange quand je rentrerais à l'appartement : *J'ai vu les corps sur la plage, et j'ai pensé à des cadavres après la bataille* mais bien sûr, ce n'était pas possible. Et pourtant. Du temps de nos parents et de nos grands-parents, et de tous ceux qui étaient venus avant eux, ce n'était jamais arrivé que des corps d'inconnus se retrouvent mêlés de cette façon au soleil. Sauf après qu'on s'était entre-tué avec la plus extrême sauvagerie. Nous étions la première génération dans l'histoire à nous coucher en masse presque nus pour le seul plaisir d'être ensemble à la lumière.

Un soir pendant ces vacances, à peu près dix minutes après que nous nous sommes couchés, Bernard a allongé le bras et l'a posé sur ma hanche. Rien de plus. Il l'a laissé reposer, inerte. Je ne dormais pas. Je n'ai pas su quoi faire. Son geste ne devait rien au hasard. Je le sentais à sa respiration, lui non plus ne dormait pas, il guettait.

Il était une heure du matin mais il ne faisait jamais tout à fait nuit dans cette ville où l'on aurait dit que jamais personne ne s'abandonnait au sommeil. Je ne pouvais pas faire semblant de ne pas le voir. J'aurais pu, mais il aurait insisté. Et puis je ne voulais pas.

J'ai rassemblé mon courage et je me suis vue faire comme si quelqu'un d'autre à ma place accomplissait le geste. J'ai attrapé le poignet, j'ai soulevé le bras et l'ai replié jusqu'à ce que je sois hors d'atteinte. Après quoi j'ai ramené ma main le long de mon ventre sans bouger davantage.

Le matin au réveil, Bernard n'y a fait aucune allusion. J'ai eu beau guetter, rien dans le ton ni le regard ne trahissait quoi que ce soit. Il s'est attablé dans la cuisine de l'appartement de location tandis que je préparais mon sac de plage. Ni gêne ni reproche de sa part.

Dans l'ascenseur qui livrait accès au parking, je me suis demandé subitement pourquoi je l'avais repoussé. Ce n'était d'ailleurs pas la première fois. Chaque fois au matin, il avait l'air d'avoir tout oublié, comme si tout cela, son désir et ma réaction n'avaient pas d'importance.

Nous avions tous les deux trente-cinq ans. Je n'avais pas tellement envie de lui mais ce n'était pas l'unique raison, ce n'était même pas la raison du tout, parce que somme toute, j'aurais pu céder pour lui faire plaisir, cela n'exigeait pas tant d'effort. Non, si je l'avais repoussé, c'est que pendant une seconde, je m'étais représenté la scène. Et j'avais vu tout de suite ce qu'elle aurait eu de grotesque.

Sur le port, la nuit sentait le cuir et le citron. Je fendais la foule comme on fend les vagues à la nage.

Solange a demandé :

– Tu as eu maman au téléphone ?

– Oui, il y a une cabine près de la rôtisserie.

– Je l'appellerai demain. Ce n'est pas toujours à toi.

– Elle t'embrasse.

– Tout va bien ? Pas de souci, elle ne t'a rien dit ?

– Non, elle ne m'a rien dit.

J'ai imaginé maman dans la maison vide du quartier du fleuve, assise près du téléphone, lumières éteintes malgré le soir qui montait.

Nous nous sommes arrêtés face à la masse d'un rocher planté dans la mer. Au sommet poussaient des palmiers nains et des genévriers, et tout autour tournaient des nuages d'oiseaux. Dans les bacs sur les quais, les camelots vendaient des cassettes des Bee Gees et de Julio Iglesias.

Jean-Philippe s'est acheté *La Fièvre du samedi soir*, il s'est offert des Ray-Ban et un slip à la mode. Sur son cassettophone, il passait cet été-là des chansons des Rubettes et de Jeane Manson. Il y avait aussi Shake et son visage de prince de Malaisie, qui chantait : *C'est plus facile à deux* et dont j'ai été toute déconcertée d'apprendre par la suite que son vrai nom était Sheikh Abdullah Ahmad.

Bernard a dit : *On prendrait bien une glace.*

Je n'ai pas répondu. Je n'entendais plus. Je percevais l'agitation autour des marchands de pacotille, des jeunes à scooter riaient et emballaient leurs machines, une femme secouait sa chevelure en plissant des yeux, des femmes au maquillage trop vif et au parfum capiteux glissaient sans bruit en ombres chinoises. Quelqu'un semblait avoir coupé le son. Il montait une odeur d'huile frite, de nourriture bon marché de restaurant de bord de mer, par bouffées s'échappaient des voix d'une cafétéria illuminée au néon, des voix rauques. Le son revenait par intermittence. Je me suis laissé porter par une vague de couleurs et de bruits hachés. Les vitrines réfrigérées débordaient de masses crémeuses, une télé clignotait, des hommes avaient l'air de se disputer, mais les gens d'ici quand ils parlaient, avaient toujours l'air de se disputer.

J'ai dit les phrases.

– *Dix, valet, dame qui prend, roi sans as.*

– *Peux pas jouer !*

– *Six, sept, huit et j'ai fini !*

– *C'est pas vrai ? Qui avait le sept de carreau ?*

Bernard s'est agacé. On ne savait pas s'il faisait semblant. Il faisait tellement semblant qu'il se fâchait pour de bon.

– *Puisque c'est comme ça, je vais me coucher.*

– *Tu vas te coucher parce que tu perds ?*

– *C'est pas ça. Mais demain, il faut se lever de bonne heure si on veut prendre le bateau.*

Des cris nous échappaient.

– *À toi de jouer.*

– *Tu joues ou tu joues pas ? Tu ne suis pas !*

– *Valet, dame, roi qui prend ! Sans as.*

– *Regarde mon jeu pendant que tu y es.*

– *Tu as misé ? Il manque des jetons dans la case.*

Le mari de Solange suggérait de faire attention, il était tard. On s'excitait. On se rendait fou. Une chaise crissait sur le carrelage de la terrasse. On jetait les mots comme des fusées d'artifice.

Le plateau de Nain jaune appartenait à maman, elle l'avait acheté avant-guerre quand le jeu, paraît-il, était redevenu à la mode. Charles, Pallas ou Lahire au fond de leur boîte, paraissaient curieusement bien vivants. On les aurait dits sortis intacts d'un temps de chevaliers et de rois aux noms compliqués. Un temps où les personnages de contes étaient plus vrais que les gens de tous les jours.

– *Tu n'as pas dit : roi qui prend !*

– *J'allais le dire.*

– *Donc, tu l'as pas dit.*

J'arrivais tôt le matin. Je traversais la ville déserte au volant de la Renault 6. À cet instant quand on se positionnait face à la mer, on croyait une toile de cristal tendue d'un bout à l'autre de l'horizon. Il fallait faire vite, le spectacle durait quelques minutes à peine mais le temps qu'il durait, la vie s'ouvrait en grand avec des rêves qui passaient dans la lumière d'août.

1977

J'ai passé la vitesse. Le levier était fiché dans le tableau de bord, un manche coudé en métal et plastique noir. La Renault 6 a rétrogradé, le moteur s'est cassé, un ronflement s'est prolongé avant que la mécanique retrouve son régime. À la première ligne droite, j'ai accéléré de nouveau.

Dans les villages, les pâtisseries vendaient des gâteaux faits par des religieux et des chiens hurlaient au bout de leur chaîne. Des allées s'ouvraient sur des maisons vides, des maisons de juges de paix, des maisons de commis aux écritures, des maisons de métiers qui n'existaient plus, et il passait sur le trottoir des femmes qui n'existaient plus, blouse terne, chapeau serré sur le haut du crâne, tenant à la main, suspendu par un fil couleur dragée, un gâteau dans sa pyramide de papier. Les rues portaient des noms de compagnons de Charlemagne.

Maman a demandé à Chantal : *Tu ne regrettes pas d'avoir quitté la compagnie d'assurances où tu travaillais ?* Cela faisait deux ans qu'avec Jean-Marc son mari, la Cousine aux paupières peintes avait ouvert un magasin de photographie dans la vallée.

Maman a poursuivi : *Dans les usines, on licencie, mais dans les bureaux, c'est à vie, crois-moi.*

Chantal a esquissé un sourire. Nous étions toutes les trois au bord de la rivière pendant que les autres s'affairaient à sortir les affaires des coffres de voitures.

– *Cela fait combien de temps déjà, deux ans ?*

Chantal a installé les pliants, une mèche de cheveux lui balayait le visage. Elle a fini par répondre : *Je n'allais pas passer ma vie au milieu de cartons sous des éclairages au néon.* Elle a ajouté : *Ce n'est pas de devenir commerçante qui m'intéresse, j'ai juste envie de vivre dans le vrai.*

Elle avait vingt-huit ans, Jean-Marc sans doute un peu plus. Ils s'étaient rencontrés dans la société d'assurances où tous deux travaillaient. Quand elle l'a présenté à la famille, nous nous sommes demandé s'il n'était pas communiste, ou pire. Parce qu'après tout, les communistes, cela faisait cinquante ans qu'ils étaient là, on avait eu le temps de s'habituer. Lui, il parlait et on ne voyait pas où il voulait en venir. Il ne voulait rien faire de ce qui se faisait déjà, et la Cousine approuvait.

La rivière roulait dans l'épaisseur de ses eaux des branchages. À l'ombre, l'eau était d'un noir huileux et ce qu'on voyait d'elle, l'assemblage de teintes mates et brillantes en surface, se faisait et se défaisait à toute vitesse selon la puissance du courant et la danse des nuages.

Le Fils et Guillaume jouaient aux Mille Bornes. Le Fils avait treize ans. Il portait les cheveux longs et avait l'air d'un

Apache. Solange parlait des vacances passées sur la Costa Brava. Au retour, nous nous étions arrêtés dans la famille du cousin qui ressemblait à Marlon Brando.

J'aimais bouger, prendre ma voiture, m'acheter des vêtements, travailler au bureau, tout savoir des films. Pourtant cet après-midi-là, la radio a passé *Il a neigé sur yesterday* et tandis que je conduisais sur la route le long de la rivière, je me suis crispée au volant. Comme si l'on m'avertissait de quelque chose. Machinalement, j'ai regardé dans le rétroviseur.

Il y avait déjà eu la même année *Rock collection*. Deux chansons en quelques mois, c'était idiot mais ça m'a mise en colère. Parce que toutes ces années dont on récupérait les chutes et les débris pour se fabriquer une petite nostalgie, ç'aurait dû être ma jeunesse et ça ne l'avait pas été.

Sur une chaise après déjeuner, j'ai trouvé un livre laissé là par Jean-Philippe, posé à l'envers. Je l'ai ramassé en prenant soin de ne pas perdre la page. Le titre m'intriguait : *Travailler deux heures par jour* d'un certain Adret, mais il paraît que c'était un collectif. J'ai lu le texte à l'endroit où Jean-Philippe avait interrompu sa lecture : *Ce qui peut être révolutionnaire, c'est l'utilisation possible du temps libre* et plus loin : *L'autogestion ne s'instaurera pas sans apprentissage, sans essais préalables. Pour cela, il faut du temps : temps reconquis, enclave libérée dans notre vie où il puisse s'expérimenter et se préfigurer la société de demain. Ce temps libre, c'est aussi le temps simplement de reprendre notre souffle, de vivre et de rêver, de se retrouver, de replonger aux sources de ce qui nous fait désirer que demain soit différent. L'argumentation technique est là pour nous dire : l'espoir n'est pas fou, le rêve est raisonnable.*

Jean-Philippe à l'automne allait entrer à l'université. Il était le premier de la famille.

Au retour, j'ai allumé la télé. Je suis restée seule devant la dernière partie de *Ring Parade*. L'année d'avant, j'étais allée passer plusieurs jours à Paris avec le Fils et Guillaume et le hasard nous avait menés devant les locaux d'Europe n° 1, rue François-1er, protégés par des barrières. Il m'avait semblé que ceux qui évoluaient derrière cette façade aveugle aux enseignes criardes ne pouvaient ni aimer ni souffrir de la même façon que nous. Leurs peines étaient plus intenses, elles atteignaient des degrés qui nous étaient inaccessibles, et leurs amours aussi. Surtout, les mots leur étaient faciles.

Je suis restée devant l'écran de télévision, les chanteurs à chemise à jabot dont le col démesuré pointait jusqu'aux épaules, à la main un micro qui ressemblait à une crème glacée. Les couleurs débordaient, comme une gourmandise saturée de sucre et de gras servie trop généreusement. Le dimanche suivant, nous retournerions au bord de l'eau, nous déplierions les tables, Bernard se préparerait un café, l'herbe passé une certaine heure virerait au bleu, et nous bavarderions comme si ce monde allait durer toujours.

1976

J'ai gardé en mémoire nos emplois du temps, comme un agenda resté gravé malgré moi. Nous allions chez Solange le dimanche après déjeuner. Elle préparait du thé et servait un entremets Francorusse, maman apportait un gâteau au yaourt. Solange répétait qu'elle aimait Joe Dassin parce qu'il était bien habillé. Un chanteur devait être bien habillé et avoir de la voix.

Je n'écoutais jamais France Inter. Guillaume m'a demandé un jour pourquoi. Je n'ai rien trouvé à dire que : *J'ai l'impression qu'ils me parlent comme des professeurs.* C'était plus compliqué que ça. Disons que ceux qui parlaient au micro, j'aurais bien aimé les voir dans la maison du quartier du fleuve, histoire d'observer comment ils s'en seraient sortis, s'ils auraient eu le cran de franchir la passerelle. Oui, j'aurais été curieuse de les voir se débattre. Ils étaient intelligents, ça oui, mais leur intelligence, je savais très bien à quoi elle leur servait. À masquer habilement une vérité guère reluisante, parce qu'elle ne pouvait pas l'être. La vérité, je la connaissais, et tout le monde la connaît au fond pour peu qu'il soit honnête. La vérité, c'était que ceux qui au micro prétendaient nous expliquer la vie, étaient comme les autres, ils aimaient l'argent, la facilité qu'il procurait, les belles maisons, se faire du bien, mais ils camouflaient tout ça derrière des phrases.

Les communistes, passe encore, parce que ceux-là faisaient la guerre. Ils étaient comme moi à leur façon. Ils voulaient tout prendre, tout arracher, ils avaient faim et se battaient comme des bêtes sans faire semblant de croire à l'amour. Mais les autres parlaient d'une vie qui n'avait jamais existé.

Une fois à la retraite et jusqu'à ce qu'il décède, papa était parti chaque matin avant l'aube livrer des journaux à vélo. Il rentrait trop exténué pour parler, réduit au seul effort nécessaire pour survivre. Seul un filet de vie le maintenait parmi nous. La vie s'était consumée, à pédaler dans les ténèbres glaciales, pendant que d'autres, dans la chaleur molle du sommeil, attendaient douillettement qu'on leur glisse sous l'oreiller des nouvelles du monde. C'était trop facile que les mêmes dans un micro me disent à moi qu'il fallait partager.

La radio a annoncé le décès de Kléber Haedens. Je ne savais pas trop au juste qui il était, ni ce qu'il avait fait pour qu'on parle de lui, sinon qu'il était connu. Étrangement, il me semblait que depuis le début de l'année, la radio nous informait du décès de personnes dont je n'avais jamais imaginé qu'elles avaient été de ce monde. *De ce monde,* je voulais dire, du même monde que moi.

Paul Morand ou Pierre Jean Jouve non plus, je ne savais pas trop ce qu'ils avaient fait, ils avaient dû écrire, pour Morand c'était sûr, parce que je me souvenais que De Gaulle le poursuivant de sa vindicte, l'avait empêché d'entrer à l'Académie, mais je n'avais pas idée qu'ils respiraient, se nourrissaient, se distrayaient en même temps que moi. Cela me paraissait même impossible.

Ce n'était pas qu'ils étaient vieux, les morts avaient toujours été vieux, c'était que leur passé avait été aspiré dans le néant. Toutes les années précédant 1945 avaient été précipitées au fond d'un puits obscur et sans fond. Le monde réel, le monde concret dans lequel je pouvais m'imaginer vivre, celui qu'on pouvait toucher du doigt, n'avait débuté qu'à cette date.

Oui, c'était cela : je ne pouvais pas croire que Paul Morand soit monté à bord d'une Renault 5 ni qu'il ait écouté, fût-ce par hasard, un disque des Stones.

De toute façon, c'est le problème avec les années, un plus un font rarement deux, certaines années durent plus longtemps que d'autres. Entre l'âge de sept ans et mon dix-septième anniversaire, la décennie a duré un siècle, et entre mes quarante-sept et cinquante-sept ans, elle s'est réduite à moins d'une journée. Comme si le temps à intervalles réguliers, se rétractait brusquement, pour se distendre aussitôt, se dilater à l'extrême, puis de nouveau se condenser jusqu'à presque disparaître.

J'ai passé trois jours à Paris avec le Fils et Guillaume. Une tante y vivait seule en banlieue, à Issy-les-Moulineaux, dans une maison ancienne qui rouillait et grinçait. La maison sentait le bouilli et le beurre frit, dans les clapiers au fond du jardin planté d'œillets d'Inde, on avait élevé autrefois des lapins. Des photos de famille étaient exposées dans des cadres. Certaines, je les connaissais, maman avait les mêmes dans son salon. D'autres, je les découvrais. J'ai questionné la tante.

– *Je ne sais pas qui c'est, ou je ne sais plus, mais je ne veux pas les jeter.*

Elle a réfléchi. Visiblement, c'était la première fois qu'elle se posait la question.

Elle a ajouté : *C'est bête, mais si je m'en débarrassais, j'aurais l'impression de leur faire du mal.*

Leurs maisons devaient sentir le linge qui sèche et le mauvais café. Ils vivaient attachés à leur terre comme à un poteau. Des arrière-grands-oncles, de lointains cousins, des hommes et des femmes qui se connaissaient entre eux et qui n'imaginaient pas qu'un jour, les filles de leurs filles, les filles de leurs nièces les regarderaient dans leur cadre en ouvrant de grands yeux comme on regarde des poissons exotiques au fond d'un aquarium.

Nous sommes passés près du trou des Halles. Celles-ci étaient parties loin des regards, elles et la nourriture dont nous nous emplissions le corps. C'était la même chose dans les rayons des grandes surfaces. La chair des animaux était découpée en morceaux suffisamment petits pour que nous ne puissions pas, même en pensée, reconstituer le corps d'origine. Il paraît que les criminels en série ou les mafieux procèdent de la sorte, pour éviter que soient identifiées leurs victimes.

1975

Nous avions nos rendez-vous annuels, précis et obligatoires, et bien que personne n'ait su dire qui en avait dicté l'ordonnancement, il ne venait pas à l'idée d'y déroger. Les réveillons de Noël à la maison avec les cousins et la tante qui déformait les mots. Celle qui disait : *Il n'y est pas allé avec le dos de la main morte* ou *il est tombé les quatre fesses en l'air.* Les dimanches au bord de la rivière de juillet à début octobre. La Toussaint et les Rameaux sur la tombe de papa et de la sœur morte avant d'aller prendre le café chez la même tante. En mai, la foire au parc des expositions. Impossible qu'une année, pour changer, le café après le cimetière soit pris chez Solange, ou que le réveillon se déroule chez la tante. Cette liturgie, cette pratique réglée qui jalonnait l'année d'un bout à l'autre, disposait autant de tuteurs sur lesquels nous appuyer, sinon nous aurions flotté dans un temps décousu, et nous en aurions gardé au cœur une vague nausée. Sans ce scénario soigneusement construit, se voir, ne pas se voir, s'aimer ou se détester, être au mois de mars plutôt qu'en juin, tout aurait été du pareil au même.

Avant, la foire s'appelait la Grande Semaine. Je n'ai pas connu cette époque mais Solange et maman se la racontaient. La Grande Semaine s'installait sur les quais dans le quartier du fleuve. La circulation était coupée, une grande roue avec ses nacelles tournait à la façon d'une immense étoile d'or, et c'étaient des cris et des rires dans le parfum des tilleuls. Solange et maman n'en finissaient pas de répéter les mêmes scènes, les loupiotes des manèges dans la nuit, les baraques mystère, le feulement des fauves. Le quartier généralement assoupi se donnait un air clinquant et vaguement vulgaire comme une femme à la mise stricte se serait un beau soir tartiné les lèvres de rouge et attifée d'une perruque platine. Les paroles des bonimenteurs étaient aussi colorées que leurs caravanes, les mots scintillaient et on n'y était pas habitués. Les autres jours, dans la transparence grise de l'hiver comme dans la blancheur aveuglante de juillet, le fleuve roulait son eau sans bruit. Plusieurs jours durant, quand la plainte des bêtes sanguinaires venait vous tirer du sommeil, vous plongiez dans la panique et la magie d'une vie qui n'était plus la vôtre.

Dans les allées de la foire, Bernard et le mari de Solange avaient cette façon de marcher que je ne leur voyais jamais en dehors du dimanche. À la fois ils prenaient leur temps et ils avançaient d'un pas décidé. Comme pour dire que ce jour-là, le monde leur appartenait aussi.

Les manèges tournoyaient dans les airs, un grelot électrique retentissait, et les cris montaient au ciel, les cris des passagers visage étiré par la vitesse. Quand le corps a perdu tout repère, quand l'envers ne se distingue plus de l'endroit, seul reste le cri pour tenter de se raccrocher à quelque chose.

Le flot des visiteurs dans les allées se recomposait en permanence, un homme avec une femme, une femme avec des enfants, l'un devant l'autre, l'un derrière l'autre, ils se dépassaient, elle se retournait, à la volée. Les hommes et les femmes sortaient de nulle part à jet continu, on n'imaginait pas d'où, on ne pouvait pas se figurer qu'il y en ait autant, à croire que jusqu'alors, ils étaient restés tenus en réserve dans un lieu gardé secret dans le seul but, ce dimanche de mai 1975, de venir grossir l'interminable cortège.

Bernard, le Fils et les neveux s'offraient des tours d'autotamponneuse. Ils sautaient dans un engin aussitôt qu'il s'en libérait et glissaient le jeton acheté à la caisse dans la fente du capot. L'extrémité de la perche, reliée à un filet métallique au plafond, crachotait des étincelles. Les autos étaient couleur bonbon, jaune citron, bleu acide. La foule tournait à toute vitesse, le regard accrochait des lambeaux de ciel et d'enseignes lumineuses. Des nuages gonflaient au-dessus de la ville. On pensait : *Il va pleuvoir* mais rien n'avait d'importance que de glisser sur la piste, mains sur le volant avec l'envie de se laisser tourner la tête.

Bernard riait plus fort que les enfants. Il prenait plaisir à choisir l'angle d'attaque le plus violent. Il s'esclaffait, bouche grande ouverte, le pied à fond sur l'accélérateur. Il riait autant qu'on peut rire.

Moi, de l'autre côté de la rambarde métallique qui faisait le tour de la piste, je me disais : *Il me laisse partir seule dans la vie sans lui.*

Oui, j'ai trente-deux ans et ce dimanche de mai je comprends ça d'un coup, tandis que je serre la rampe et plisse les yeux. Bernard ne cessera jamais de rire et me laissera seule avancer dans la vie. Les voitures se mettent à tourner non plus dans le plus grand désordre, mais selon un mouvement inexplicablement lisse et ininterrompu, comme réglé à l'avance. Je n'entends plus ni la sono ni les cris. Les yeux rient sur un fond d'étoiles et d'éclairs peints.

Je me tourne vers Solange. L'envie me prend de lui dire quelque chose très vite, sans savoir quoi, de la prendre par le bras et de la serrer fort. Elle sent mon regard. Nous restons toutes les deux seules à nous scruter au milieu du chaos, seules dans l'immensité humaine tandis qu'un speaker hurle en roulant les *r* au micro.

Chantal et moi faisions la queue devant le stand de pommes d'api. Elle venait de me murmurer, dans le creux de l'oreille, comme si elle me communiquait une information destinée à rester secrète, que Jean-Marc ne porterait pas de cravate à leur mariage.

– Un jeans, une chemise blanche, une veste, ça ira bien.

– Vous ne vouliez pas vous marier ?

Elle a haussé les épaules.

– Cela n'a rien à voir. Je te parle de la façon de s'habiller. On ne se marie pas pour se mettre des vêtements. Oh, et puis on se marie parce que c'est plus pratique pour les papiers du commerce mais franchement… Plus personne ne se marie.

– Et ta mère, elle en dit quoi ?

– Du mariage ?

– De la tenue de Jean-Marc.

– Oh, la même chose que toi ! Elle a dit : c'est comme si vous aviez honte de vous marier.

Jean-Marc était d'extrême-gauche, je ne savais pas trop, tout cela était un peu flou pour moi mais c'était ce qui s'était dit dans la famille quand il avait été présenté. Il ne l'avait pas franchement avoué mais c'était facile à comprendre. Quelqu'un avait fait la remarque, le mari de Solange, je crois : *Il est vraiment de gauche* et c'était plutôt admiratif, du moins cela forçait le respect. Il ne suffisait pas d'être de gauche, il fallait l'être *vraiment*.

À ce que j'avais compris, il était plus que communiste. Trotskiste ou maoïste. C'est-à-dire pareil que communiste mais en encore plus vrai, ou en encore plus dangereux. Quand on était trotskiste, on était à la fois un saint et un aventurier.

J'ai payé les pommes d'api, Chantal a secoué ses cheveux couleur corbeau, fendus par une raie au milieu, et elle a dit : *De toute façon, le mariage, c'est tout de même hypocrite et bourgeois.*

Hypocrite était un mot qui revenait souvent dans leur vocabulaire, à Jean-Marc et à elle. Eux, ils exigeaient la vérité et rien d'autre, elle était leur idole. Je ne disais rien mais je pensais le contraire. Si on se dit la vérité, on ne peut plus vivre ensemble. C'est le mensonge qui empêche que ce soit la guerre entre nous.

Au mariage de Jean-Marc et de la Cousine aux paupières peintes, les amis du père de Chantal étaient les plus nombreux. Le genre à aimer les costumes solides sortis de chez le tailleur et la nourriture franche. Ils portaient des gourmettes au poignet et sentaient une odeur d'encaustique et de sauce au vin. Ils se racontaient des histoires d'apéritifs, d'amitiés un peu confites, de repas dans des restaurants à boiseries. L'un d'eux s'appelait *Giblaise* et le nom m'a toujours frappée parce que dans *giblaise*, il y a à la fois *gibier*, *gibelotte*, *Blaise*, tous ces mots qui prononcés à la suite sans prendre le temps de respirer, font un bruit de mâchoires qui mastiquent.

Au retour, Bernard a conduit. Une pluie fine griffait le pare-brise. Aussitôt qu'il a actionné les essuie-glaces, je me suis vue dans un film, Michel Piccoli au volant, Romy Schneider à son côté. Sur la droite s'ouvrait le fleuve. La route traçait une diagonale à travers champs. Je me suis vue rentrant d'une soirée, le visage pris dans les phares des voitures, la pluie rayant les vitres. Nous ne nous disions pas un mot. Je regardais droit devant. Michel Piccoli et moi nous étions disputés parce qu'au cours de la soirée, un inconnu m'avait dévisagée.

Nous rentrions dans notre grande maison. Nous nous lèverions tard le lendemain. Je passerais la matinée à me promener en culotte et pull trop large, le regard mutin, et il se frotterait à moi pour nous réconcilier. L'amour, l'argent, tout cela, la vie serait facile.

1974

Solange et son mari avaient fait bâtir un pavillon sur sous-sol, deux ans avant que Bernard et moi fassions construire le nôtre.

Le dimanche, l'endroit prenait des allures de monstre assoupi avec ses engins à l'arrêt et ses pelleteuses, gueules ouvertes prêtes à mordre. Il restait alentour des carcasses de pavillons en chantier, le Fils et les neveux en faisaient le tour à vélo. Un jour, ce monde serait le leur, les jardins à barbecue, les haies de thuyas, les portiques à balançoire. Ils étaient entre deux désirs et deux rêves. Ils avaient entre dix et quinze ans.

À la lisière du lotissement, une maison se trouvait là avant les autres, une villa saumon au milieu de vergers, décorée de corniches chantilly. Elle évoquait l'une de ces pâtisseries servies exclusivement dans les salons de thé, mi-viennoise mi-italienne, une couche de fraise, une de crème fouettée. On ne connaissait pas ceux qui y habitaient. Elle n'était pas luxueuse mais elle était taillée sur mesure, au contraire de nos pavillons à l'intérieur desquels soir et matin, des dizaines d'habitants se couchaient devant le même papier peint et se lavaient les dents devant le même carrelage.

J'ai posé la question à Solange :

– Tu sais qui habite là ?

– Je ne sais pas, c'est un cadre, avec sa famille.

Elle ne l'avait jamais vu, je veux dire jamais vu pour de vrai. Les autres habitants du lotissement, elle avait vite appris à les identifier, déjà ils se trouvaient affublés de surnoms, quelques *bonjour, bonsoir,* quelques travers physiques ou moraux, avaient suffi à les rendre familiers. L'un zozotait, l'autre aimait exhiber ses cuisses et pour cela, se montrait en toute occasion en short, ce qui lui avait valu le surnom de *belle en cuisse.*

Eux, ceux de la villa meringuée, se réduisaient à des formes aperçues, ils ne faisaient que passer.

Solange ne se représentait pas précisément ce qu'un cadre faisait de ses journées sinon qu'il se tenait assis derrière un bureau avec un téléphone, qu'il était payé à réfléchir et à donner des ordres, et que son travail n'était pas salissant. Et puis, ses plaisirs n'étaient pas ceux de tout le monde. Il allait au ski, possédait un appartement à la mer et buvait du whisky. Elle ne disait pas : *Il est cadre* mais : *Il a une bonne situation.* Il n'était pas rangé dans la catégorie des riches. Les riches étaient avides, c'était autre chose et d'une certaine façon, sans que ni eux ni nous ne l'ayons voulu, ils étaient nos ennemis. Lui, dans le quartier, on parlait de lui avec respect parce que pour en arriver là, il avait bien fallu qu'il fasse des études.

J'allais faire mes courses de la semaine au nouveau supermarché au sud de la ville, une construction monumentale et resplendissante. Une dalle de béton géante supportait le magasin et une galerie marchande. Les portes donnaient l'impression d'entrer dans un aéroport, du moins d'après ce que j'avais vu des aéroports à la télé. J'aimais filer dans les allées sans rien avoir à demander à personne. Il n'y avait plus de limite à rien. On entrait par une extrémité pour ressortir à une autre, et entre les deux, on déambulait à l'intérieur d'une gigantesque machine à digérer les désirs. Je tendais la main et j'attrapais ce qui me semblait bon, comme dans les rêves d'enfant, pas besoin de me justifier, de dire quoi que ce soit, j'avais envie je prenais, point final. C'était trop de fatigue de toujours devoir s'expliquer.

Et puis, la viande était sous plastique. Enfant, je voyais maman revenir à la maison un morceau de viande dans un papier opaque au fond de son panier. Je devinais le poids du sang au bout du bras. Comment pouvait-il sembler naturel de marcher dans la rue, chargé d'un paquet de chair vive, comme rapporté du théâtre d'un meurtre ou d'une exécution rituelle ? La sciure répandue dans l'arrière-boutique du boucher était bien la preuve qu'il avait cherché à maquiller une scène de violence.

Ici, les allées se croisaient à angle droit, chaque chose était à sa place. Le monde aurait dû ressembler à ça, une ligne droite pour aller d'un point à un autre, pas de compte à rendre, se servir en fonction de l'argent mis en réserve, à chaque désir son prix. Et rien à fouiller dans la mémoire, ni dans les peurs qu'elle renfermait.

Un jour, Solange m'a demandé : *Tu rêves à quoi ?* J'ai cherché mes mots. Elle a vite vu que sa question me faisait perdre contenance. Alors elle a précisé : *Je veux dire, si tu pouvais réaliser un rêve, là tout de suite, ce serait quoi ?* J'avais sept ans. J'ai répondu : *Je voudrais être grande*. Elle n'a pas compris. Elle a dû penser : *Elle veut être grande pour ne plus aller à l'école et ne plus être tenue d'obéir, décider librement de sa vie*. C'est de ma faute, je ne me suis pas expliquée.

La vérité, c'est que j'avais hâte d'être adulte parce que les adultes fonctionnaient selon un code qui les mettait à l'abri de la violence et de la terreur qu'elle déchaînait. Je me disais : *Ce doit être bien pratique, chaque fois il suffit de s'y rapporter pour savoir ce qu'il est possible de faire ou pas, vivement que je puisse vivre ainsi*. Je savais bien que certains s'affranchissaient des règles mais ceux-là constituaient une minorité et dans la vie de tous les jours, il n'y avait guère de risque que je les croise.

Cela a été mon premier effarement, quand j'ai compris que la force brute, une force carnassière qui lacère et mutile, réglait la majeure partie des rapports entre les grandes personnes, pire que dans les cours de récréation. Les textes n'y changeaient rien, il fallait se battre jusqu'au dernier sang pour garder sa position dans la file au guichet ou s'assurer une place de parking. Et plusieurs fois par jour, il fallait y mettre toute la sauvagerie dont on était capable.

1973

Bernard a dit : *Les Arabes nous poignardent dans le dos. On n'en serait pas là si on avait gardé l'Algérie. Parce que le pétrole, c'est tout de même nous qui l'avons trouvé.* La veille au soir, nous avions vu à la télévision les files d'attente dans les stations-service des Pays-Bas. Les automobilistes n'avaient plus le droit de s'approvisionner qu'à tour de rôle. Le présentateur avait utilisé les mots *ticket de rationnement*.

Solange et maman se sont regardées, elles ont balancé la tête et répété d'un air entendu : *ticket de rationnement, embargo, file d'attente.*

Solange a servi un thé au citron. À nouveau, nous avons parlé des images à la télévision. Moshe Dayan, bandeau sur l'œil, des chars franchissaient un fleuve, des noms revenaient, une litanie, *Golda Meir, les Migs, le Golan*. Les Arabes étaient des incapables et les Juifs, nous disions d'eux : *ils sont malins*, sur un ton admiratif et en même temps, de reproche. *Malin* voulait dire *trop malin*. En définitive, ni les uns ni les autres n'étaient des gens comme nous.

J'ai avalé une gorgée de thé brûlante et j'ai annoncé d'un ton qui se voulait à la fois grave et solennel : *À Noël, ce serait mieux qu'on n'échange plus de cadeaux. Pour les enfants, chacun achètera pour les siens.* Ils ont hoché la tête autour de moi en guise d'approbation, comme si j'avais évoqué une fatalité à laquelle il fallait se résoudre, faute de quoi une colère divine allait s'abattre et nous anéantir.

Jean-Philippe se tenait dans un coin. Il lui venait ces temps-ci des chagrins sans limite, comme s'il attendait des rêves qui ne venaient pas. En fin d'après-midi le dimanche, il ne ratait pas un épisode du *Jeune Fabre* et laissait se dérouler le générique jusqu'à la dernière note : *Tu as le soleil sur ton épaule, viens voir la vie avec moi.* Il aurait aimé s'acheter la chemise que Mehdi portait ouverte sur le torse, m'avait-il avoué un jour que nous étions seuls, mais Solange ne le laisserait pas choisir une telle tenue. Tout de même, quand ses parents sortaient le samedi après-midi au supermarché et qu'il restait seul assis à faire ses devoirs de collégien, il défaisait un bouton de sa chemise et laissait l'air frais se poser sur sa peau.

J'ai profité de ce que la conversation se détourne, pour m'observer dans la vitre. J'étais une femme blonde de bientôt trente ans, bandeau dans les cheveux, minijupe écossaise, col roulé. Les lunettes masquaient en partie le regard.

C'était curieux, les autres parlaient, ils n'arrêtaient pas, mais ils ne laissaient jamais les mots aller au bout d'eux-mêmes. Ils prononçaient une phrase, deux à la rigueur, puis ils attendaient de voir l'effet, guettaient les réactions sur les visages. Ce n'était pas la première fois que je m'en faisais la remarque, et sans doute valait-elle aussi pour moi, leurs petits gestes et leurs silences en disaient plus sur eux que leurs mots. Une façon de se cabrer contre son dossier de chaise. De pincer les lèvres jusqu'à ce qu'elles blanchissent. De balayer sa jupe du revers de la main comme s'il était vital, dans la seconde, d'en effacer les plis. De reposer sa tasse dans sa soucoupe plus brusquement qu'il ne fallait. De détourner le regard vers le jardin désert et nu, comme s'il s'y passait soudain des choses plus intéressantes que dans la cuisine où nous faisions cercle.

Moi aussi j'observais le jardin, les haies amaigries par l'hiver, le vide. Il passait des oiseaux aux cris aigres. Une idée m'est venue : *Dans vingt ou trente ans, je me souviendrai de ce dimanche, je me reverrai assise près de la fenêtre de la cuisine et ce sera l'automne. Cela viendra sans prévenir, comme lorsqu'on est pris de vertige.*

J'ai pensé à la femme que j'étais ce dimanche, qui allait continuer de vivre en moi à mon insu comme un passager clandestin, et qui le jour où je m'y attendrais le moins, surgirait dans ma vie. Une étrangère venue frapper à ma porte et m'assurant contre toute vraisemblance que nous nous étions connues autrefois. Elle insisterait en souriant et son sourire, loin de m'apaiser, serait comme une menace.

Les mots claquaient. *La faute aux Arabes, l'Opep, la dévastation,* et l'impression qui dominait était celle d'un danger imminent. Une nouvelle fois, nous étions la proie d'une force maléfique, dans cette cuisine du pavillon de Solange au beau milieu d'un dimanche après-midi, la même qui périodiquement revenait propager le chaos, la même qu'en 1914, la même qu'en 1939. Maman a dit : *Ça ne pouvait pas durer*. Solange a répété : *Ça ne pouvait pas durer*. Nous l'avions toujours su au fond, le monde était fait pour la peine et l'intranquillité.

Solange a demandé : *Vous avez des nouvelles du téléphone ?* Il fallait compter deux ans d'attente, a expliqué Bernard. Maman a dit : *On s'en passait bien, jusque-là !*

Une tante habitait une ferme le long du fleuve. La décision avait été prise de baptiser les rues du hameau. Pas besoin jusque-là, on savait qui était qui, mais cela avait changé. Maman a commenté : *Ça va trop vite.* Tout le monde était d'accord, à croire qu'il existait une vitesse de référence sur laquelle se caler, admise par tous, sans que nous sachions pourtant dire laquelle. On ne savait pas non plus ce qui allait trop vite ou pas assez. Maman parlait des adolescents et des femmes qui les soirs d'été autrefois de retour des champs chantaient le long des routes.

Je suis restée muette mais j'ai pensé : *Moi, je voudrais que le monde accélère. Qu'il m'emmène. Faire passer les images à toute vitesse, tellement vite que le passé ne me rattrapera plus.*

Sur la route du retour, la Renault 6 a suivi le rebord du coteau. Le tracé du fleuve se devinait à peine. La cathédrale aussi, et ses anciens couvents, l'avenue centrale fendant la ville en deux, le quadrillage des rues dans les quartiers incendiés en 1940. Les bancs de sable s'allongeaient et se rétrécissaient au fil des heures, pareils à des bêtes à demi tapies dans l'épaisseur liquide.

Nous avons raccompagné maman chez elle. Mes yeux sont tombés sur une photo de Michèle sur le buffet du salon. Je me suis mise à calculer à toute vitesse, pendant que maman s'affairait à fermer les volets pour la nuit. Si elle avait vécu, Michèle aurait eu cinquante ans en novembre. Elle aurait été une femme qui glissait ses cuisses dans la toile d'un jean et préparait de la purée en flocons. On rapportait qu'à Manhattan, un ingénieur avait passé un appel téléphonique grâce à un appareil qui n'était relié à aucun fil. La CEE s'élargissait au Danemark et à la Grande-Bretagne. Un archevêque défilait à la tête de douze mille personnes contre la fermeture de Lip. On disait qu'il ne fallait plus de chef et qu'il fallait se parler. C'était le monde dans lequel elle aurait dû vivre. J'essayais de me la représenter au volant d'une Renault 16, elle aurait été le genre à aimer conduire, du moins je l'imaginais, cigarette aux lèvres, fredonnant du Claude François, mais malgré mes efforts, cela s'avérait impossible. Les mâchoires du temps s'étaient refermées sur elle. Impossible de lui imaginer un futur, mais personne non plus ne parlait jamais de la vie qu'avait eue Michèle avant de mourir. Elle avait eu vingt ans en 1942. Cela lui avait laissé le temps de tomber amoureuse, or tout ce qu'elle avait vécu, rires, espoirs, hasards, éclats de vie, il semblait aller de soi que ça n'avait pas existé, même au détour d'une phrase Solange ou maman n'en disaient pas un mot.

Et cela continue toujours aujourd'hui. Elle est la sœur morte et rien d'autre. Elle n'a rien fait d'autre dans la vie que mourir.

1972

Une vie, c'est une histoire qu'on se raconte, papa m'avait dit cela un jour, quelques mois avant sa mort. Qu'est-ce qui lui avait pris ? La plupart du temps il ne prononçait pas un mot, lèvres serrées sous son carré de moustache, et quand il sortait du silence, ce n'était certainement pas pour lâcher des formules ronflantes. Mais peut-être justement parce qu'elle ne lui ressemblait pas, je me souvenais parfaitement qu'il avait prononcé cette phrase. Trois ans plus tard, je la gardais à l'oreille, nette, les mots se détachaient, une syllabe après l'autre : *Une vie, c'est une histoire qu'on se raconte*. Nous étions devant la tonnelle du jardin, sur les hauteurs du quartier du fleuve, à cet endroit où on aurait juré qu'il suffisait de lever le bras pour toucher le ciel et je m'étais dit : *Une histoire qu'on se raconte, il suffit d'y croire pour que ça marche, c'est comme quand on lit un livre : d'entrée de jeu, on accepte que les personnages existent, sinon autant refermer tout de suite les pages*. Puis aussitôt après, l'idée m'avait glacée : *Peut-être un jour, l'histoire que je me raconte va cesser de m'intéresser. Ce sera comme ça, d'un seul coup, je vais cesser d'y croire.*

Nous nous tenions dans la cuisine éclairée au néon. La fenêtre donnait côté jardin. Le père de la Cousine aux paupières peintes avait laissé la télé allumée en sourdine dans la pièce voisine, pour suivre à l'oreille le grand prix automobile. Par la porte entrouverte s'échappait un ronflement bouché et monocorde qui par instants accélérait et rugissait, sur lequel venait se poser la voix du commentateur, précise et mate, que rien ne semblait pouvoir atteindre, à peine si elle s'emballait dans les moments décisifs.

La veille, il avait regardé le rugby en coupant le son de la télé pour suivre sur Europe n° 1 le commentaire de Roger Couderc. C'étaient ses dimanches, le rugby, la course automobile, dans la cuisine aux néons baignée d'une clarté comme passée à la javel. Pour entrer dans le salon aux meubles d'acajou, on mettait les patins.

Solange a demandé :

– *Vous devez partir quand ? La date ? Elle est connue ?*

Le père a fait signe que non. Pas précisément, du moins, c'était une question de mois.

– *Mais vous avez reçu un courrier ?*

– *Ah ! Oui, oui. Tout ce qu'il y a d'officiel. L'an prochain, sans doute. Vu que dans le journal, ils disent que les travaux démarreront en avril. C'était écrit : avril 1973.*

– *Pour l'autoroute ?*

– *Celle qui ira au Mans.*

– Mais alors ?

– Ils vont raser la maison.

– Oui, mais vous ? Le pire, c'est que vous n'en profiterez jamais de l'autoroute, vous n'avez pas de voiture !

– Ça, c'est pas avec ton Solex !

Nous nous sommes esclaffés.

– Maman, à cent à l'heure en Solex sur l'autoroute !

La maison était un pavillon sur sous-sol en bordure de nationale. À l'arrière, un cerisier au printemps répandait une blancheur immaculée, qui laissait dans les cheveux des femmes une clarté unique.

– On nous a dit qu'on nous a trouvé un appartement dans le nord de la ville. On pourra aller le voir le mois prochain. Au cinquième étage.

– Oui, mais tu n'auras plus de jardin.

Il a secoué les épaules.

– Tu ne peux pas empêcher le progrès, c'est comme ça. Tu traces des routes, tu traces des lignes de chemin de fer.

Il travaillait au service bagages à la gare. Il portait les valises de ceux qui embarquaient à bord du Paris-Bordeaux ou l'été, des voyageurs pour La Baule ou Dinard, des noms que je confondais mais qui évoquaient des pensions de famille, des mimosas, la peau d'or des baigneurs. Quand on lui demandait son métier, il répondait : *cheminot* même si les trains, il n'y montait jamais. Il avait épousé une fille de réfugiés basques qui du temps de sa jeunesse avait un air d'actrice d'opérette. C'était cela, les Espagnols, toutes les femmes s'appelaient Carmen et leur peau était saturée d'épices.

Quelqu'un a parlé du *Grand Échiquier* parce que cette semaine, l'invité était Arthur Rubinstein et aussitôt, ils se sont disputés pour savoir si Chancel était de gauche, *ils,* je veux dire le père de Chantal, Chantal et ses frères. À la fin, ils sont tombés d'accord. Chancel n'était pas de gauche, cela se serait su, et puis il ne serait pas passé à la télé, mais il faisait venir de *vrais* artistes et il n'y avait pas plus *vrai* que les artistes communistes.

Ils ne disaient pas *communistes* mais *du parti*. Les autres partis étaient des entités interchangeables qui s'appelaient comme ça aujourd'hui et s'appelleraient différemment demain, tandis que *le parti* survivrait jusqu'à la fin des temps. Ils disaient : *Le parti dit que, le parti préfère, as-tu entendu ce qu'a dit le parti là-dessus, il faut aider le parti*, et on aurait cru qu'ils s'en remettaient aux directives transmises par une voix mystérieuse et céleste : ils parlaient du cœur secret qui faisait battre le monde. Ils en taisaient le nom comme on tait le nom d'un dieu tout-puissant et vengeur, capable de vous foudroyer sur place au moindre signe d'apostasie. Ajouter *communiste* après *parti*, c'était laisser entendre qu'on se contentait de le regarder passer plutôt que de marcher dans l'immensité de son cortège héroïque.

Moi, pourtant, je ne disais ni *communiste* ni *parti*. J'avais vingt-neuf ans. Cela faisait huit ans que j'étais mariée à Bernard. Le Fils avait huit ans. J'avais l'impression d'avoir vécu une vie entière ces huit dernières années.

La veille au soir, nous avions vu Malraux à la télé avec sa voix de pompe soufflante. Chaque fois l'effet était le même, sitôt qu'il ouvrait la bouche il avait dans la poitrine un sac qui gonflait et se dégonflait. Nous aurions été incapables de répéter ce qu'il avait dit, ni même de le résumer, et pourtant sans nous l'expliquer, nous en gardions au cœur une petite clarté qui ne s'éteindrait pas avant plusieurs jours. Une seconde, nous avions frôlé l'invisible. Malraux était là, qui tirait les mots de la rivière avec effort, souffle coupé, comme si les mots pesaient des tonnes. Il les tirait hors de l'eau et les exposait en pleine lumière pour le seul plaisir de les voir resplendir.

Je suis descendue dans sa chambre avec Chantal. Elle a installé un disque sur l'électrophone en plastique moulé, couleur crème à la vanille, sur le rebord duquel un voyant luisait de reflets émeraude. La voix a chanté : *Il y a du soleil sur la France, et le reste n'a pas d'importance. Il y a du soleil sur la France, allons viens vite qu'on profite de la vie. Il y a du soleil sur la France et le reste n'a pas d'importance.*

Elle a ri : *Et le reste n'a pas d'importance !*

Le soleil pénétrait à l'oblique.

– *Tu sais, je ne me marierai pas.*

Elle a penché la tête, l'air de dire : *Tu ne me crois pas, mais je suis sérieuse.*

J'ai souri : *Toutes les filles au bureau disent la même chose.*

Les filles au bureau dansaient le samedi soir devant des orchestres qui mettaient des *y* dans leur nom pour faire anglais ou américain. Quand elles riaient, on entendait leur gorge et leur ventre. Elles gagnaient de l'argent, plus que leurs parents. Les histoires qu'elles se racontaient, étaient des histoires de garçons qui s'appelaient Alain, Claude ou Patrick. Pour aller danser, elles s'entassaient dans une 4 CV et au fil du trajet, ramassaient des amies. Elles finissaient à six dans la coque de métal et elles hurlaient quand elles passaient un dos-d'âne, ce qui aux carrefours faisait rire les gendarmes. Eux paraissaient sortis d'un tout autre univers, on les imaginait échappés d'un refrain de Trénet.

La voix a continué : *Mets les cerises, là dans ma chemise, et rentrons chez nous. Dans la campagne, il reste les traces de nos deux vélos. Pendant qu'on pédale, les autres travaillent.*

J'ai repris en chœur : *Il y a du soleil sur la France !*

1971

Je me réveille dans la nuit et après que mon regard s'est porté vers la fenêtre, et derrière elle les arbres et le coteau, dans l'angle de la pièce apparaît la paire de lunettes à monture d'écaille. Comme toujours, les yeux sont braqués dans ma direction, comme toujours mon cœur se serre et le rouge me monte aux joues, mais cela ne dure pas. Parce que je me vois allonger le bras jusqu'au recoin et attraper les lunettes pour les chausser.

Oui, c'est ainsi que ça va se passer. Je vais mettre les lunettes et voir tout ce qu'elles ont vu, et tout revoir de ma vie avec les yeux d'une autre. 1943-2006. L'adolescente à frange brune postée devant la passerelle. La jeune femme blonde, jupe au-dessus du genou, dans la cuisine de Solange, devant la fenêtre côté jardin, sur la vitre un reste de buée accumulée depuis le matin, la terre nue et désolée, les oiseaux sans graisse ni chair aux cris rauques. La jeune femme qui roule trop vite, vitre ouverte, de retour d'un dimanche au bord de la rivière, dans une odeur poivrée alors que la nuit monte. La jeune femme assise à son bureau, sûre d'elle, disposée à la gaieté. La femme qui fait réchauffer l'assiette des cousins en retard au déjeuner de Noël. Qui croit entendre des pales d'hélicoptère attaquer l'air et le déchiqueter tandis qu'on transporte d'urgence son mari. Et celle penchée au-dessus du berceau tandis que s'ouvre en grand la porte du salon et que surgit Solange, comme dans une scène de boulevard où chacun des deux personnages se serait trompé de rôle. La femme qui ne sait plus ce qu'elle a vu. Qui ne sait plus s'il y avait quelque chose à voir. Qui ne sait plus ce qu'a vu sa sœur. Dire qu'il aurait suffi qu'elle pose une seule fois la question en quarante et un ans pour savoir à quoi s'en tenir. Au lieu de quoi elle est restée prisonnière de cette poignée de secondes. La porte s'ouvre, les yeux de la sœur s'agrandissent.

Il faudrait peut-être chercher ailleurs pour repérer des traces de vie. Dans ces notes prises d'une écriture rapide et oubliées aussi vite : j'ai retrouvé l'autre jour un carnet où j'inscrivais les menues dépenses lors des voyages en Grèce, et à leur lecture, *sandwichs au port, entrée musée 2 août, cafétéria Patras*, il m'a semblé que dans chaque détail, la vie était restée figée. Elle était là en suspension, plus ou moins solidifiée, mais j'en ai reconnu le rougeoiement et il n'aurait pas fallu grand-chose pour qu'elle se remette à circuler.

Je ne savais pas alors, inscrivant ces colonnes de mots, que je prélevais un peu de vie, à la façon des chercheurs qui dans leurs laboratoires, le geste prompt et précis, découpent une lamelle de tissu organique pour la coincer sous la plaquette de verre d'un microscope et en observer les germes. Chaque page, deux colonnes, les dépenses de Bernard et les miennes, *taxe hôtel, resto hôtel, je dois à Bernard 19 francs (essence), 8 francs cartes postales, 36 essence, sandwich-café Kalamata*. Les visages se sont effacés, les paroles sont oubliées, mais il reste ces mots que le hasard assemble, rebuts que le temps a rendus énigmatiques, certains raturés ou biffés d'un trait.

Maintenant, je revois précisément cette journée de 1971. On peut parfaitement vivre les mêmes vingt-quatre heures à plusieurs années d'intervalle, et c'est ce qui m'arrive, à cette seconde, couchée dans mon lit, les volets ouverts sur cette nuit de 2006.

Je sais parfaitement pourquoi cette journée et pas une autre. Parce que c'est là que tout a commencé. Ou que ça aurait dû, si tout s'était déroulé selon mes plans. En 1971, nous avons emménagé dans le pavillon de C. et pour la première fois de ma vie, j'ai cru en finir avec mes mauvais rêves. J'allais pouvoir lâcher mon fardeau et je n'étais pas la seule. Il me semble que tous ceux de ma génération ont cru alors se débarrasser du passé aussi facilement qu'on ouvre la porte d'une maison neuve.

J'ai poussé tant de portes. Je me vois attraper la poignée, la rabattre, faire pivoter le panneau. La porte du pavillon de C., celle de la maison de L. avec corniches et parc. Mais maintenant je sais ce qui m'attend. Je me vois suivre un long couloir, et quand arrivée au bout il ne me restera plus qu'à ouvrir la dernière porte, à peine l'aurais-je fait, par surprise une main mystérieuse va me pousser en avant et je vais me retrouver au beau milieu de la maison du quartier du fleuve. Revenue d'où j'étais partie. Comme hier matin dans la campagne quand je croyais avoir parcouru une longue distance pour me retrouver subitement à deux pas de chez moi.

Demain lundi, je prendrai la route pour retourner au bureau et ce sera l'une des dernières fois dans cet immeuble du boulevard, avec à l'étage ses appartements vides et ses escaliers branlants. Ainsi, tout commence par un déménagement et finit par un autre trente-cinq plus tard, mais entre les deux, je m'en aperçois et cela me terrifie, je n'ai fait que suivre un corridor qui me ramenait à mon point de départ. Et j'aurai beau tenter de fuir à nouveau, franchir toutes les passerelles et pousser toutes les portes, immanquablement, au moment où je m'y attendrai le moins, je me réveillerai entre les murs de cette cuisine, d'un côté la cour de l'immeuble, de l'autre la salle à manger. La boucle sera sans fin. Mais en 1971, non. En 1971, j'ai cru à un aller sans retour.

Maman achève de rincer la vaisselle et l'essuie. Par la porte vitrée du fond, j'aperçois la cour intérieure de l'immeuble et dans le hall, l'escalier qui tel un gosier, s'enroule sur lui-même pour conduire au grenier. Nous y avons passé des heures, Solange et moi, les fins d'après-midi quand montait la nuit. Avec les heures, l'air se figeait au point de se solidifier par endroits jusqu'à ce que prennent forme des créatures de toutes tailles, des hommes dévorés de désirs et de folie sanglante, ou qu'apparaissent au milieu de la noirceur, braquées dans ma direction, les lunettes d'écaille.

Dans la pénombre, l'homme restait silencieux, seule s'entendait sa respiration comme à travers un combiné téléphonique. Dans la seconde qui allait suivre, je le savais, il aurait ce mouvement du bras pour m'attraper, comme la brusque détente d'un reptile. Alors, Solange tendrait la main dans l'obscurité et dirait : *Tu vois bien qu'il n'y a rien.* Elle prendrait le temps qu'il faudrait, balaierait l'air de ses doigts pour qu'il ne reste pas d'espace, le plus petit soit-il, qu'ils n'aient exploré. Au bout de quelques minutes, elle se lèverait et marcherait de long en large à travers le grenier, avec une évidence simple et tranquille, traversant et retraversant les zones d'ombre, au milieu des parasols et attirails de plage rangés par les locataires en attendant la saison.

– *Tu vois bien ? Il n'y a rien.*

Solange allait et venait à l'intérieur de mes cauchemars avec des rires de petite fille.

Nous montons à bord de la Fiat 500 et roulons sur les quais, avant de rejoindre l'avenue qui fend la ville en deux, maman assise à mon côté.

Je dis : *Bernard nous attend. Solange a dit qu'elle passerait. Elle faisait des courses en ville.*

Maman a mis une robe sombre. Elle se tait. La voiture dépasse le quartier des halles et ses ateliers de cuir, les marchands de porc en gros et les sécheries de bananes. Il y a quinze ans, Espagnols et Portugais y logeaient, s'y aventurer était dangereux, et depuis le début des années 1970, ce sont les Algériens.

Nous dépassons la cathédrale, ses tombeaux de marbre où dorment les enfants des rois, puis le parc botanique où les familles le dimanche vont voir les paons d'Asie. À la sortie de la ville, j'hésite sur la direction à suivre. Je ne suis pas venue si souvent.

La maison est sur sous-sol, sans étage. Maman demande juste : *C'est là ?* Bernard nous attend, c'est lui qui a les clés. Solange est venue en bus. Dans le sous-sol, les pièces nues sentent le ciment frais. Un espace est réservé à la voiture, sur la gauche s'ouvrent d'autres salles en parpaings, un petit labyrinthe éclairé par des soupiraux.

À l'étage, les pièces font de l'écho. Par le balcon, je distingue des maisons à l'identique par dizaines. Une terre nouvelle se lève, comme une pâte qu'on a pétrie, des dizaines de couples au même moment s'inventent une nouvelle vie. Ils n'habitent pas la même maison que leurs parents, ils ne se remplissent pas le corps des mêmes nourritures, jusqu'à leur façon de faire l'amour qui diffère. Nous aurons des phrases nouvelles à répéter au début. *Je rentre la voiture au garage.* Personne avant nous n'a jamais prononcé cette phrase dans la famille, ni *si on mangeait dans le jardin ? Si tu me cherches, je suis dehors en train de nettoyer le barbecue, on va prendre le café au salon.* Des phrases radicalement neuves, et des couleurs aussi, de la couleur partout, fraîches, qui donnent le tournis.

Une ampoule nue éclaire les pièces. J'ai vingt-huit ans, je pense aux vies qui nous attendent ici, aux ombres dont j'apprendrai à reconnaître le tracé, aux arcs-en-ciel qui à certaines heures viendront illuminer les fenêtres. J'ai prévu des tabourets en plastique en forme de tam-tam, et des torsades géométriques sur les murs. Ma vie va ressembler à ça : une boîte parallélépipédique à remplir à ma guise. Fini la maison du quartier du fleuve, ses angles biscornus, ses renfoncements sans logique, le grenier à la fois magique et terrifiant, les souvenirs glacés de la guerre et de la sœur morte, papa qui disparaissait dans la nuit pour reparaître aussi mystérieusement au petit jour, maman portant à bout de bras, dissimulé dans son panier, un bout de chair sanguinolente arraché à un être vivant. Et ce dimanche d'août non plus n'aura pas existé, ce dimanche où le fleuve et l'air flambaient de chaleur, quand Solange a passé la porte de la cuisine et m'a jeté ce regard. Il s'est effacé, j'en suis délivrée, c'est ce que je me répète tandis que je déambule, ouvrant les portes une par une, prenant tout mon temps, puisque cette maison, ces pièces, ces couloirs sont à moi, rien qu'à moi, personne ne pourra me les reprendre et les seuls souvenirs qui les marqueront de leurs empreintes, seront mes souvenirs à moi, ceux que je me serai choisis.

Maman parcourt les murs de son regard vide. Au fur et à mesure que Bernard parle, qu'il m'explique les pièces l'une après l'autre et livre des détails techniques, qu'il m'ouvre les volets comme s'il ouvrait ma vie en grand, le regard de maman se durcit. Alors je me surprends à enfouir la main au fond de ma poche pour frotter entre deux doigts, en un léger va-et-vient, mon carré de tissu.

Nous avons raccompagné maman chez elle. La Fiat 500 est stationnée sur le quai. Je m'installe au volant, Solange à mon côté, un sac de courses à la main.

– Tu as tout ?

– Oui, on peut y aller. Tu es sûre que tu as le temps ? Je peux prendre le bus, il n'est pas tard.

– Mais non, j'ai le temps, tout va bien.

Elle referme la portière.

Je mets le contact, un œil sur le rétroviseur.

– Cela m'a fait plaisir que tu viennes voir la maison.

Solange me sourit. Un sourire beau comme un soleil, qui lui fait plisser les yeux.

Elle m'attrape le bras. Je sursaute sous l'effet de la surprise. J'enclenche la première. Solange me dit :

– Tu vas voir, on va se faire une belle vie !

La Fiat prend de la vitesse.

Elle répète, comme si je n'avais pas bien compris, pour être sûre que les mots portent, sa main toujours sur mon bras :

– On va se faire une belle vie !

Elle répète les mots. Cette fois, sans but. Juste parce que les mots la grisent.

Je reprends à mon tour :

– On va se faire une belle vie ! On va se faire une belle vie ! On va se faire une belle vie !

Je crie presque tandis que la voiture file le long du quai et que Solange rit plus fort.

Un bruit d'arrachement se produit. La portière de Solange est mal fermée. Elle n'est pas habituée à ce genre d'ouverture, dont le sens est inverse à celui d'une portière classique. Elle veut l'entrouvrir davantage pour se donner de l'élan et mieux la claquer mais avec la vitesse et le vent, la poignée lui échappe et la portière se rabat avec fracas sur la carrosserie.

Nos regards se croisent.

Je pense : *Il suffirait que je la pousse, une poussée forte et rapide. Ce serait facile, si je l'éjectais, j'éjecterais avec elle tout ce qu'elle a vu le dimanche d'août dans la cuisine du quartier du fleuve.*

Ses yeux se rétractent.

Elle a deviné ma pensée. Du moins, elle a vu mon regard changer. Elle se dit : *Il se passe quelque chose derrière ce regard, quelque chose de terrible.* Tout va trop vite. Les pensées. La voiture. Le fleuve qui défile et à sa surface, des milliers d'éclats qui scintillent.

Je me perds dans son regard. Aussi profond que la nuit sur la maison du quartier du fleuve. Nous n'allons pas pouvoir nous détacher l'une de l'autre. Cela ne doit pas durer plus de quelques secondes, puisque je suis au volant, je ne peux pas lâcher la route des yeux, mais le temps que nous nous fixons, des dizaines d'images se succèdent à un rythme saccadé, comme un film devenu fou. Je comprends une chose : si je veux avoir une chance de tirer un trait sur le passé, je dois faire ce que j'ai à faire. Et aller jusqu'au bout. Je le comprends non pas confusément, mais au contraire, de façon claire et précise. Passer le pont n'aura pas suffi, et partir vivre dans le pavillon de C. ne suffira pas non plus. Si je ne lâche pas d'une main le volant pour attraper Solange à l'épaule et pousser de toutes mes forces, je ne trouverai pas la paix. Parfois, ce sera brutal, d'autres fois cela se limitera à de simples élancements vaguement douloureux, et j'aurai bien quelques répits, mais aussi longtemps que je vivrai, je vais me faire dévorer.

Alors je ris et Solange rit à son tour. Au lieu de freiner, je presse l'accélérateur d'un coup sec. Nous filons portière ouverte le long du fleuve.

Je répète : *On va se faire une belle vie ! On va se faire une belle vie !*

Plus nous rions, plus j'accélère. Plus rien n'a d'importance que de rire à s'en faire mal tandis que la voiture fait des sauts de cabri, et que nos cheveux s'enroulent jusqu'à monter au ciel.

Votre livre est fabriqué en France sur un papier certifié PEFC,
pour une gestion durable de la forêt.

Ouvrage réalisé par Cédric Cailhol Infographiste

Achevé d'imprimer sur Roto-Page en octobre 2022
par l'Imprimerie Floch à Mayenne.

Dépôt légal : janvier 2023
N° d'impression : 101263

ISBN : 978-2-8126-2408-7

Imprimé en France